隠し子騒動

廣嶋玲子

JN095660

「おとっつぁん！　会いたかった！」おまきと名乗る少女は久蔵《きゅうぞう》に飛びついてそう叫んだ。目に入れても痛くない双子《ふたご》の愛娘の目の前での出来事に呆然とする久蔵。だがよくよく話を聞いてみると、母親はかつて一緒に暮らしたことがある芸者。ゆえあってのこととはいえ、まったく身に覚えがないわけでもない。それでも娘として迎え入れることはできないと、いったんはおまきを帰したが……。久蔵の隠し子騒動に端を発した事態は、千吉《せんきち》や玉雪《たまゆき》、果ては大妖《たいよう》たちまで巻きこむ大事に発展する。好調、お江戸妖怪ファンタジイ〈妖怪の子、育てます〉第４弾！

登場人物

梅吉《うめきち》
梅妖怪の子

津弓《つゆみ》
月夜公《つくよのぎみ》の甥

天音《あまね》**（姉）　銀音**《ぎんね》**（妹）**
久蔵と初音の双子《ふたご》の娘

弥助《やすけ》
妖怪の子預かり屋
の若者

千吉《せんきち》
弥助の養い子

玉雪《たまゆき》
弥助の手伝いをする
兎《うさぎ》の妖怪
久蔵《きゅうぞう》
弥助の家主
初音《はつね》
久蔵の女房《にょうぼう》。
華蛇族《かだぞく》の姫
王蜜《おうみつ》の君《きみ》
妖猫族《ようびょうぞく》の姫

月夜公《つくよのぎみ》
妖怪奉行所東《ひがし》の地《ち》宮《ぐう》の奉行。
王妖《おうよう》狐《こ》族《ぞく》
朔《さく》ノ宮《みや》
妖怪奉行所
西《にし》の天《てん》宮《ぐう》の
奉行。犬神《いぬがみ》
西空《さいくう》の白王《はくおう》
西の天宮の
四連《よんれん》の一員。
犬神
鼓丸《つづみまる》
朔ノ宮の従者。犬神

椒《はじ》御《かみご》前《ぜん》
鉄山椒魚《くろがねさんしょううお》一族の長《おさ》。
水妖《すいよう》
飛黒《ひぐろ》
妖怪奉行所東の地宮の
筆頭烏天狗《からすてんぐ》
黒守《くろもり》
井戸の守り手。
いもりの化身
萩乃《はぎの》
飛黒の女房。
初音の乳母《うば》

あせび
妖怪奉行所東の
地宮の武具師

十郎《じゅうろう》
仲人《なこうど》屋《や》

〈その他〉

ひる…………黒守が連れてきた少女

おまき………久蔵の娘と名乗る少女

お八重《やえ》………おまきの母。久蔵の馴染みの芸者

つつり………布団《ふとん》の妖怪

妖怪の子、育てます4

隠し子騒動

廣嶋玲子

創元推理文庫

THE HIDDEN CHILD SCANDAL

by

Reiko Hiroshima

2024

妖怪の子、育てます4

隠し子騒動

イラスト　Minoru

プロローグ

なんだい？　またあの話をしてほしいのかい？

ははは、わかったわかった。それじゃいくよ。

おまえ達が生まれたのはね、とりわけ暑い夏の夜のことだった。父様は庭先で盥《たらい》に水をはって、行水をしていたんだ。そしたら、母様が真っ青な顔をしながら、腹を押さえて出てきてね、「生まれるかもしれない」って、いきなり言ったんだよ。

生まれるのはもう少し先だと思っていたから、父様はそりゃもう慌ててしまってね。ふんどし一丁で、大急ぎで母様をかかえて、布団《ふとん》に寝かせたんだ。なぜか「湯を沸かさなきゃ！」って、そればっかり頭に浮かんでね。お乳母《うば》さんを呼ぶことも思いつかなかった。

うん。そのせいで、いまだにお乳母さんには恨まれてるよ。わたくしが産婆を務めるはずだったのにってね。

ともかくだ。父様がわたわたしている間にも、母様はどんどん体をこわばらせて、息が荒くなっていった。そして、「あなた、そばにいて！　お湯なんかいらないから！」って叫んだ。

父様が慌てて母様の手をにぎった時だ。ぽんっと、赤ん坊が生まれたんだよ。

父様はもうびっくりしちまった。見たこともないほどかわいい子だったんだもの。

母様は母様で驚いていたよ。卵で生まれてくると思っていたそうだ。

でも、とにかく小さくて、かわいくて、もう他のことはどうだってよくなっちまってね。

二人でぼろぼろ泣きながら、赤ん坊をきれいにして、いよいよだっこしようとした時さ。

また母様が唸《うな》りだした。

いったい何事だと、父様は青くなったよ。お産が終わったのに、こんなふうに唸るなんて、とんでもないことが起きてるんだ。医者を呼ばなきゃいけない。そう思った。

だが、苦しむ母様を放っておくことはできないし、生まれた子を連れていくなんてできないし、おろおろするばかりだった。

ああ、そうさ。胸を張って言うが、あの時の父様はとんだ役立たずだったんだよ。

そうこうするうちに、母様が思いきり力んだ。と、ぽーんと、かわいい赤ん坊がもう一人生まれてきたんだよ。

双子《ふたご》だったなんて、思ってもみなかったから、もう言葉も出なかったよ。ただただ胸が熱くて、涙が止まらなくて。

赤ん坊達が母様の腕の中におさまるのを見て、父様はようやく安心した。で、今度こそお乳母さんを呼ぼうと、外に出たんだ。その時、空に大きな月が浮かんでいることに気づいたんだ。

ああ、お月さんが見てくれている。生まれてきた子達に、天から笑いかけてくれている。

そう思ったとたん、名前が浮かんだ。

天の子。

銀のお月さんの子。

そうさ。天音《あまね》、銀音《ぎんね》。おまえ達はそうやって生まれてきた、父様と母様の宝物なんだよ。

一

久蔵《きゅうぞう》と初音《はつね》の双子《ふたご》の娘達、天音と銀音は七歳だ。

生まれた時も一緒なら、胡蝶《こちょう》の精のように愛らしい顔もそっくり同じ。

だが、妹の銀音のほうが少し体が弱かった。風邪をひくのは、いつだって銀音だ。

その年の冬も、銀音は風邪をひきこんだ。熱はそれほど出なかったが、こんこんと、いやな咳が止まらない。

いつものこととは言え、久蔵夫妻は気をもんだ。親にとって、子供が病気になることほどいやなことはない。

いっそ自分が風邪を引き受けたい。

そんなことを考えながらも、夫妻は看病のために動いた。その手始めとして、妹のそばにいたがる天音を、子預かり屋の弥助《やすけ》のもとへと連れて行った。

「銀音が元気になるまで、弥助のところにいるんだよ、天音。おまえまで風邪をひいちまったら、ことだからね。ということで、頼んだよ、弥助。千吉《せんきち》、おまえにも頼んだ」

「まかせておけよ。なあ、千吉？」

「うん、弥助にい」

弥助が声をかければ、弥助の弟の千吉も大きくうなずいた。

千吉もまた七歳。白牡丹《しろぼたん》を思わせるような美しい子だ。だが、その顔に笑みを浮かべるのは、大好きな兄の弥助に対してだけ。兄以外のことにはとんと関心がないのである。

とはいえ、母屋《おもや》に住んでいる天音達には、そこそこ心を開いている。ほとんど姉弟同然に育ったからだ。

だから、今回も「銀音が早く元気になればいい」とは思ったし、しょんぼりしている天音には「大丈夫だ」と声をかけた。

「久蔵さんの言うとおり、おまえにまで風邪が移ったら大変だ。銀音が治るまで、俺が遊んでやる。今日はおまえが好きな遊びにつきあってやるから、とりあえず野原に行くぞ。弥助にい、行ってくるね」

千吉はそう言って、天音の手をつかみ、問答無用で近くの野原へと引っぱっていった。

もちろん、本音には「弥助にいが天音ばかりを気遣って、ちやほやしたら、いやだ」というのが混じっており、それもあって小屋から連れだしたのである。

だが、野原についたあとも、天音は気分が乗らない様子で、草の上に座りこんでしまった。天音の横に腰をおろしながら、千吉は尋ねた。

「どうしたんだよ？　おまえの好きな遊びをやろうって言ってるのに。……銀音なら平気だよ。久蔵さんと初音さんがつきっきりで看病しているんだから。きっとすぐによ……」

「違う。違うのよ、千」

天音はか細い声で言った。

「銀音のことはすごく心配よ。早くよくなってほしいって、心から思ってる。でも、そ、それだけじゃないの。ほんとはこんなこと、思っちゃいけないって、わかってるんだけど」

「思っちゃいけない？」

「うん。……ほんとはね、ちょっとうらやましいの。ちょっとだけだけど。だ、だって、風邪をひくと、銀音は父様と母様をひとりじめできるんだもの」

顔を真っ赤にしながら、ついに天音は打ち明けた。

「あたしはいつも元気で、風邪なんかひいたことがないでしょ？　だから、父様達に看病されたこともない。あたしと銀音はなんでも同じはずなのに、そこだけが違う。……すごくいいや。あたしも、父様達にあんなふうに心配されたいって、馬鹿みたいだけど、そう思っちゃうの」

「……わかる」

「えっ？」

「わかる。わかるぞ、天音！」

目を瞠《みは》る天音に、千吉は力をこめてうなずいた。

「確かにそうだ！　風邪をひけば、かまってもらえる。そうだよ。今まで気づかなかったけど、そのとおりだ！」

珍しく興奮した顔をしている千吉に、天音はいやな予感を覚えた。

「あんた、もしかして……病気になりたいとか思ってる？」

「うん！　そうすれば、弥助にいは俺だけをかまってくれるから！」

あきれたと、天音は息をついた。

「あんた、これ以上ないってくらい弥助にいちゃんにかまってもらってるじゃない。弥助にいちゃんの一番は、いつだってあんたでしょ？」

「そうさ。でも、足りない」

きっぱりと千吉は言った。

「だって、弥助にいは子預かり屋だろ？　年がら年中、うちには妖怪の子が預けられるんだ。そうなると、どうしたって弥助にいは子供の世話に一生懸命になっちまう。子預かり屋をやめてくれとは言えないけど、弥助にいと俺だけの時間がもっといるんだ、絶対に！」

「……まあ、あんたが病気になれば、弥助にいちゃんは子預かり屋を休むでしょうね。今は千のことで手一杯だから、他の子は預かれないって」

「だろう？　すごくいいだろ、それ！」

目をきらきらさせながら、千吉は大きく宣言した。

「ということで、俺、風邪をひく！」

「あたし、力は貸さないわよ」

「なら、一人でがんばる。がんばって、風邪をひいてみせる」

「無理でしょ」

天音は冷たく切り捨てた。

「だって、あんた、すごく丈夫じゃないの。弥助にいちゃんのために、凍った池で魚取りをした時だって、ぴんぴんしてたでしょ」

「……それじゃ、津弓《つゆみ》だ。よく具合が悪くなる津弓に、そうなる方法を聞く」

「だめよ、千」

「なんでだよ?」

真顔で聞き返してくる千吉に、天音はまたしてもため息をついた。

「あのね、好きで具合が悪くなる子なんていないの。そういう子に、どうやったら病気になれるんだって聞くなんて、すごく失礼なことよ。ううん、失礼どころか、本当にひどいこと。だから絶対にそんなこと言っちゃだめ」

「そう、なのか?」

きょとんとした顔をする千吉に、頭が痛いと、天音は思った。

千吉のこういうところには、いつも冷や冷やさせられる。頭は切れ、度胸もある子だが、心の一部がごっそり欠けている感じがするからだ。

だが、千吉のいいところは、たしなめられれば、一応受け入れるところだ。

今回も、少し考えこんだあとに、しぶしぶうなずいた。

「天音の言うとおりかもしれない。それに、津弓に変なことを言ったりしたら、あとが怖い。下手すりゃ、弥助にいに迷惑がかかるかもしれないからな」

なにしろ、津弓の保護者は、鬼より怖い妖怪奉行の月夜公《つくよのぎみ》なのだから。

だが、津弓の件はあきらめても、風邪をひきたいという気持ちはみじんも揺らがなかった。

「……熱が出る食い物とか薬とか、そういうものを知ってる妖怪はいないかな?」

「知ってるとしたら、宗鉄《そうてつ》先生やみおねえちゃんじゃない?」

「……なら、だめだ。俺が熱を出したら、弥助にいは一番にあの二人を呼ぶはずだからな。みおなんて、ここぞとばかりに弥助にいに本当のことを話すに決まってる」

「そうね。仮病だったとわかったら、あんたに甘い弥助にいちゃんもさすがに怒るでしょうね」

「だめだ! 絶対にだめだ!」

「だったら、もうあきらめなさいよ。あたしも変なこと言って悪かったわ。ほら、石拾いをしよう。きれいな石を見つけて、銀音に持っていってあげたいから」

「うん。……かびがはえた饅頭《まんじゆう》とか食えば、腹を下せると思うか?」

「ああ、もう! あたし聞かない! 聞かないからね!」

だが、天音にすげなくされようとも、千吉の気持ちは変わらなかった。

病気になりたい。病気になって、兄を独り占めしたい。

数日後、師匠の朔《さく》ノ宮《みや》に呼びだされた時も、千吉の頭の中はその考えでいっぱいだった。

朔ノ宮は、妖怪奉行の一人で、犬神《いぬがみ》の長《おさ》という大妖《たいよう》だ。ぬばたま色の長い毛におおわれ、いつも巫女《みこ》めいた装束《しようぞく》をまとった姿は、りりしく美しい。いや、顔は犬なのだが、かもしだす雰囲気そのものが美しいのだ。

やってきた千吉を見るなり、朔ノ宮は軽く目を瞠った。

「おや、珍しいな。千吉一人か？」

「銀音が風邪をひいたんです。もうだいぶよくなってきたけど、天音は銀音を残して行きたくないって」

「なるほど。……それで？　そなたはなにをうらやんで、そんな匂いを放っているのだ？」

やっぱり見抜かれたかと、千吉は顔をしかめた。さすがは犬神というべきか、朔ノ宮はあらゆることをその鼻で嗅ぎとってしまうのだ。

隠しているのも馬鹿らしいと、千吉は投げやりに打ち明けた。

「親にちやほやされる銀音が、うらやましくなったんです。あんなふうにされるなら、俺も風邪をひいてみたいなと思って」

「……ぶっ！」

「笑いたいなら笑えばいいですよ」

「ぶぶぶぶっ！　いや、すまん！　ぶぶっ！　そ、そなたもそんなかわいらしい願いを持つことがあるのだと思うと、ぶぶぶぶっ！」

朔ノ宮は長いこと奇妙な笑い声を立てていた。そして、さすがに千吉がすねだした頃になって、ようやく口を開いたのだ。

「いいだろう。それなら、私が手を貸してやる」

「えっ？」

「やりたいと思うことは、やってみるのがいい。そのほうが学ぶことは多いし、なにより、そなたの思いがけぬ子供らしさにも報いてやりたいからな」

秘薬を作ってやると、朔ノ宮は声をひそめて言った。

「秘薬……」

「そうだ。犬神一族に伝わる薬、というより、毒だな。飲んだものに熱を出させ、弱らせる。とはいえ、決して命を縮めるようなことはなく、数日間、寝込ませる効果があるというものだ。そなたにはうってつけだろう？」

「……医者にわかってしまうことは？」

「ない。それは自信を持って言える。あの宗鉄ですら、薬を飲んだせいだとはわからないだろう」

「師匠！　俺、それ、ほしいです！」

目をきらきらさせ始める千吉に、朔ノ宮は笑った。

「ふふ。そういう顔をすると、そなたも普通の子に見えて、かわゆいぞ。まあ、ともかく、薬は作ってあげよう。だが、そのためには一つ、必要なものがあるのだ」

意味ありげなまなざしを受け、千吉はぴんときた。

「その必要なものを、俺に取ってこいと？」

「察しがいいな。そのとおりだ。なんでもほいほいと与えるのは、私は好きではない。だが、これも修業の一つということにしてしまえば、納得がいくというもの。ということで、東の狐《きつね》の毛を一本、持っておいで」

珍しくも千吉はぽかんと口を開けてしまった。朔ノ宮が言う「東の狐」とは、東の妖怪奉行、月夜公に他ならない。その毛を一本、持ってこい？

無理だと言い返しそうになる千吉に、朔ノ宮はにっと白い牙を見せて笑った。

「あの狐の尾、特に付け根に近いほうの毛には、ほどよく妖力がこもっている。秘薬をこしらえるのに、じつにぴったりなのだ。一本でよい。あのすまし顔の狐から毛を引き抜いておいで」

「そ、そんな……」

「さあ、行っておいで。そなたの成功と無事を祈っているよ」

そう言って、朔ノ宮はさっと奥の部屋へと引っこんでしまった。

残された千吉は、のろのろと後ろを向いた。そこにはむくむくとした茶と黒の毛の犬神、鼓丸《つづみまる》がいて、なんとも言えない哀れみの目でこちらを見ていた。

「ぽん……」

「兄弟子をぽんと呼ばないでください！　しかし、千吉。あなたって子は本当にもう……あきれて物も言えません」

「だって、まさか、こんなことになるなんて、思わなかったから……どうすればいいと思う？」

「もちろん、あきらめるのが一番です」

鼓丸はきっぱり言った。

「そもそも、熱を出す薬をほしがること自体が間違っています。すっぱりあきらめたと、主《あるじ》にそう言うのがいいでしょう」

「……それはだめだ」

「じゃあ、月夜公様の毛をむしりに行くんですか？」

「ぽん、手伝ってくれな……」

「さよなら！」

ぱっと、鼓丸は風のように逃げていってしまった。

「なんだよ。兄弟子なら弟弟子を手伝ってくれてもいいじゃないか。くそ。こういう時にかぎって、天音達もいないし」

口をとがらせながらも、千吉は西《にし》の天宮《てんぐう》をあとにし、東《ひがし》の地宮《ちぐう》に向かうことにした。天宮の小舟に乗りこみ、「東の地宮へ」と声に出して言えば、小舟は音もなく動きだした。あとは地宮に到着するのを待てばいい。

待つ間も、千吉はあれこれ考えていた。

なんとしても月夜公の毛を手に入れたい。面と向かって「毛をくれ」と言おうか。いや、これは絶対断られる。

こっそり忍び寄って、毛を引き抜く？　これも無理だ。百歩離れた先からでも、月夜公は確実に千吉の気配に気づいてしまうだろう。

津弓に、月夜公の毛をもらってきてくれと頼む？　間違いなく一番いい手だろう。月夜公は甥の津弓の頼みなら、なんでも聞き入れるはずだから。

「でも、それだと津弓に、俺が熱を出したいってことが知られちまうかもしれない。それはよくないって、天音が言ってたし……。ああ、くそ！　どうしたらいいんだ！」

頭をかきむしった時だ。柔らかな声で話しかけられた。

「手を貸してあげようか？」

はっと足元を見れば、いつの間にか、一匹の小さな妖怪が小舟に乗りこみ、千吉を見あげていた。

これまでに出会ったことのない妖怪だった。大きさは猫ほど。丸い体はふわふわとした白い毛におおわれており、手はなく、かぎづめの生えた鳥足だけを持つ姿は、さながらフクロウのヒナのようだ。だが、目と口は人間のものと似ていた。

そのぽってりとした赤い唇を動かし、妖怪はもう一度ささやいた。

「手を貸してあげようか？」

「……おまえ、誰だい？」

「まこと。決して嘘は言わないあやかし」

嬉しそうに答えるまことの声に、目の輝きに、千吉はいやなものを感じた。敵意はないが、この妖怪は決して親しくするべき相手ではない。直感がそう告げていた。

いつもであれば、千吉はまことを追い払うか無視していただろう。

だが、今回は困っていたこともあり、思わず聞き返してしまった。

「手を貸すって、俺が何をしようとしているのか、わかってて言ってるのか？」

「もちろんだよ。おまえは病気になりたいのだろう？　大好きな兄に心配され、手厚い看護を受けてみたいのだろう？」

「…………」

「で、月夜公の尾の毛が必要になった。でも、それはそう簡単には手に入らない。だから、まことが手を貸してあげる。月夜公の毛なんかなくとも、しっかり病気になれる方法を教えてあげる。しかも、とても簡単な方法だよ」

どうだいと、まことは熱心に千吉を見つめてきた。

千吉は顔をしかめた。獲物を見るようなまことの目つきが、じつに気に入らなかった。

だが、その言葉には、やはり心がそそられてしまう。

「見返りに何がほしいんだ？」

「なに。ちょっとしたことだよ。おまえの秘密を一つ、暴かせて」

「俺に秘密なんてないぞ」

「いいや、誰にだって秘密はあるものだよ。嘘というのは、巧妙に隠されているものだからね。それを明らかにするのが、まことの一番好きなこと。さあ、許す、とひと言言ってごらん。そうしたら、まことはおまえの秘密を明らかにできる。おまえの知らないことを教えてあげられる」

「……本当にそれだけなのか？」

「もちろん。嘘は言わない。まことは嘘は言えないのだよ。だから、この口から出す言葉はいつも本当のこと。ちゃんと病気になる方法も教える。取り引きしてくれるならね。さあ、どうする？」

千吉はじっくり考えた。

自分の秘密。なんのことだか、さっぱりわからない。だが、どうせたいしたものではないだろう。それを明らかにされたところで、何かが大きく変わるとも思わない。自分は自分だ。千吉。弥助の弟で、この世のなにより兄が大切。そのことが揺らがなければ、どんなことが起きようとも平気だ。

自分の信念を思いだし、千吉は心を決めた。

だが、「いいよ。俺の秘密って、なんなんだ？」と言おうとした時だ。

ざっと、強風が逆巻いた。滑るように進んでいた小舟が木の葉のように揺れ、千吉は危うく放りだされるところだった。

必死で小舟の縁にしがみついていると、ようやく風がおさまった。

顔をあげ、千吉は思わず「あっ！」と声をあげていた。

小舟の舳先《へさき》に、妖怪奉行の月夜公が立っていたのだ。

真紅の衣をまとい、三本の太く長い狐尾をうねらせている月夜公は、今夜も壮絶なほど美しかった。

だが、千吉は身を縮めそうになった。月夜公は、怒りに青ざめた顔をしていたのだ。その目はじんわりと光り、白い髪は逆立ち、全身から怒りの陽炎《かげろう》をゆらゆらと立ちのぼらせている。

そして、手にはまことをつかんでいた。よほど力をこめて握っているのだろう。まことは今にも目の玉がとびだしそうなありさまで、苦しげにもがいている。が、口を封じられているため、声もあげられぬ様子だ。

「何をしているのじゃ、千吉？」

まことのことを睨《にら》んだまま、月夜公は地の底から響くような声で千吉に言った。

「おぬしは西の犬のもとで修業しているのではなかったのかえ？　なぜこのような場所で、

このようなものと共にいるのじゃ？」

「つ、月夜公……お、俺は……」

どう答えたらいいのかわからず、千吉は珍しく言葉に詰まってしまった。

月夜公はしばらく千吉の答えを待っていたが、やがて痺《しび》れを切らしたように口を開いた。

「こやつはまこと。人間の口から吐き出される悪意ある言葉から生まれてくるあやかしで、悪辣《あくらつ》な小物よ。人の心をかき乱すことを好むゆえ、色々とささやきかけてくる。秘密を明かさせてくれるなら、願いを叶えてやる、とかな」

「………」

「ふん。愚かなことよ。少し考えればわかろうものを。このような小物に、そんな力はない」

「それじゃ……」

「おぬしはだまされかけたのじゃ。まったく。妙な誘いや取り引きには決して乗るなと、弥助に教えられていたはずじゃ。このことは弥助にも伝えねばならんな」

やめてと、千吉は悲鳴をあげた。

「そ、それだけは！　お願いだ、月夜公！　月夜公様！　お願いだから、それだけはやめて！　弥助にいには言わないで！　二度としない！　これからは絶対にこういうやつは相手にしないから！」

「約束できるのかえ？」

「できる！　絶対に約束する！」

真っ青な顔をして取りすがってくる千吉に、月夜公はようやくうなずいた。

「わかった。では、今夜のことは弥助には黙っていてやろうぞ。だが、千吉よ、情けをかけるのは今回だけじゃ。次はない。肝《きも》に銘じておけ」

「わ、わかった」

「では、帰れ」

ふっと、月夜公は千吉に息を吹きかけた。

その瞬間、千吉はその場から弾き飛ばされるようにして消えたのだ。

千吉を去らせたあと、月夜公は初めて手をゆるめ、まことの口を自由にしてやった。

しゃべれるようになるなり、まことは目に涙をためながら訴えた。

「あ、あんまりでございます、月夜公様。ま、まことは決して嘘をつかぬと、月夜公とてご存じのはず！　あの子をだますなど、そんなつもりはさらさら……」

「だが、苦しめるつもりはあった。そうであろう？　だから、千吉の正体、かつては千弥《せんや》であり白嵐《びゃくらん》であったということを教えようとしたのであろう？」

「いえ、そのようなつもりでは……秘密とは、すなわち嘘でございます。嘘はあってはならぬもの。ですから、まことは真実を……」

「黙れ！」

怒鳴りつけられ、ひえええっと、まことは縮こまった。だが、月夜公は容赦せず、切りつけるような鋭さで言葉を続けた。

「貴様の本質を知らぬ吾だと思うてか？　黙っていては悪いから。嘘をついていては申し訳ないから。言葉はきれいでも、中にこめられているのは真逆なもの。真実を知った時の、相手の驚きや苦しみを味わいたいという下劣さであろうが！」

「ひ、ひいいっ！　ひいいいっ！」

「千吉に、かつての話は一切してはならぬ。妖怪奉行である吾が決めたことじゃ。その決まりを、あやかしどもは守らねばならぬ。じゃが、千吉自身が真実を望めば、話は別。貴様も考えたものだ。千吉の口から、秘密を知りたいと、言わそうとしたのじゃな？」

だがと、月夜公はかみそりのような笑みを浮かべた。

「考えが浅かったな、まこと。そういう輩《やから》が現れることを見越して、吾はあらかじめ術をかけておいたのよ。秘密を明かそうとする者が千吉に近づいたら、即座に吾に知れるという術をな。……貴様は吾の決まりを破らんとした。罪は重いぞ」

ふたたび月夜公の手に力がこもった。まことは痛みと恐怖に震えあがり、涙をあふれさせながら身もだえした。

「ど、どうかどうか、お許しを！　今後はもう決して、むやみやたらに秘密を暴くようなことはいたしません！　や、約束いたします！」

そう叫んだ直後、ふいにまことの体がぐううっと蛙《かえる》の腹のようにふくらみだした。恐怖で目をぎょろぎょろさせるまことに、月夜公は薄く笑いながら言った。

「この嘘つきめ」

「……っ！」

まことは何か言おうと口を開いた。

だが、声を発する前に、ふくらんだ体がぐちゅりとつぶれたのだ。

ぼとぼとと、汚らしい黒い汁となってしたたっていくまことのなれの果てを、月夜公は冷たく見ていた。

「むやみやたらに秘密を暴くようなことはせぬ、とな。ふん。自らの嘘に、魂が崩れたか。じつにくだらぬ。汚らわしい」

手についてしまった汚れを懐紙《かいし》できれいに拭き取ったあと、月夜公はぎろっと西のほうを見た。

「……犬めの臭いがする。おおかた、今回の件はあやつの差し金に違いない。妖怪奉行でありながら、余計な真似をしおって……。ここは灸《きゅう》を据えてやらねばなるまい」

不気味につぶやき、月夜公は小舟をとんと足先で蹴った。

すぐさま小舟は向きを変えた。月夜公を乗せたまま、まっすぐ西の天宮に向かいだしたのだ。


さて、千吉はというと、気づけば自分の小屋の前に立っていた。月夜公の術によって、一瞬で送り届けられたらしい。

小屋を見たとたん、憑《つ》き物が落ちたように気が抜けた。

小屋からは兄の気配がした。自分の帰りを待っているのがわかる。

「……俺、馬鹿だ」

まことの誘いはおかしなものだった。最初からうさんくささは感じていたが、今となってははっきりそうだとわかる。あの柔らかで甘い声の先には、毒の沼が広がっており、千吉はそこに自分から踏みこもうとしたのだ。

このことを知ったら、兄の弥助はきっと千吉に失望するだろう。「おまえにはがっかりだよ」と、ため息をつく兄を思い浮かべ、千吉は身震いするほど怖くなった。

「俺、ほんとに馬鹿だった。まことなんて頼らなくたっていいのに。月夜公の毛を手に入ればいいだけの話なんだから。うん。明日、月夜公の屋敷に行って、月夜公にお礼を言って……それから、洗濯係のあやかしに、月夜公の着物に毛がついてないか聞いてみよう。よし、それでいこう！」

とにかく、まことのことは絶対に秘密にしなければと、かたく心に誓ったあと、千吉は何食わぬ顔を作って小屋の戸を開いた。

「ただいま、弥助にい！」

「お、帰ってきたか、千吉。今夜はどうだった？ 疲れたかい？」

「ううん、なんてことはなかったよ。今夜は特に修業らしいこともしなかったから。師匠の毛を櫛《くし》ですいたくらいさ。そっちはどうだった？ 誰か子供を預けに来た妖怪はいたの？」

「いや。でも、みおがさっき来たよ」

その名を聞いたとたん、千吉の顔がさっと引きつった。

みおは、妖怪医者の宗鉄の一人娘で、医者になることと弥助の嫁になることを目指している。千吉にとってはじつに気に食わない相手なのだ。

自分がいない時にやってくるなんてと、千吉は歯ぎしりしながら弥助に飛びついた。

「大丈夫だったかい？　変なことされなかったかい？」

「おいおい。みおが変なことをするわけないだろ？　いざという時のための風邪薬を持ってきてくれたんだよ。今年の風邪はしつこいそうだから、ひいたらすぐに薬を飲めって」

「ふ、ふうん。たまにはいいことしてくれるんだな、みおも」

「こら、そういう言い方するな」

「ごめんなさい……」

たしなめられたとたん、しょげた顔をする千吉に、弥助は思わずふきだした。弟のこういうところがかわいくてならなかった。千吉の頭をなでてやりながら、弥助は言った。

「それはそうと、ちょっとおもしろい話をみおから聞いたんだ」

「おもしろい話？」

「ああ。豆狸《まめだぬき》の三兄弟が、次々に風邪をひいて倒れたってことで、宗鉄先生がすぐさま飛んでったんだそうだ。だけど、どうも様子が変だってことで、問いつめたら、なんとなんと、三匹そろって仮病だったんだと」

「仮病……」

「みんなに心配されて、ちやほや看病されたかったらしい。わざわざ腹下しの草の根までかじったっていうから、念が入ってるよ」

ともかく、仮病とわかったあとが大騒ぎだったらしい。親狸はもちろんのこと、医者の宗鉄も、目をつりあげて激怒したのだ。

「すごかったらしいぜ。鬼顔負けの形相になって、豆狸の家が震えるような雷を落としたそうだ」

「へ、へえ、そうなんだ」

「ああ。まあ、気持ちはよくわかるよ。子供が苦しんでいるのを見るくらい、つらいことはないからな。なのに、それが嘘だったってわかったら、そりゃもう、心配した分だけ腹が立つ。俺だって、そんな真似されたら頭にきちまうよ」

「そ、そうだよね。そのとおりだよ、弥助にい！　仮病なんて、絶対にいけないことだよ！」

「ああ。……千吉。おまえ、やけに顔が青くないか？　寒気でもするのか？」

「う、ううん。平気。平気だよ」

無理やり笑ってみせながら、千吉はふたたび心に誓った。もう決して病気になりたいなどとは願うまい、と。

「か、考えてみれば、弥助にいに心配かけるなんて、すごくいけないことだ。うん、そうだ。だから……心配をかけずに、弥助にいをひとりじめする方法を探そう。きっと何かあるはずだ」
反省することはあれども、芯《しん》は決してぶれることがない千吉なのであった。

二

それは美しい夜だった。空はきらめく星であふれ、吹き渡る夜風はまだ冷たいが、どこか春の気配がする。

だが、弥助と千吉の小屋には、息もつまるような緊迫感があふれていた。

稲妻《いなずま》をためこんだ暗雲が立ちこめるような、はらはらするような怖い気配。それを作りだしているのは、小屋の中にいる子供、そして戸口に立つ男だった。

子供のほうは言わずもがな千吉だ。びっくりするほどきれいな顔は、いまや夜叉《やしゃ》のようにすさまじいものになっていた。目は敵意に燃えていて、めらめらと音が聞こえてきそうなほど。

その千吉に向かいあっている男は、神官のような衣をまとった赤目赤髪の美男子だった。月夜公の凍《い》てついた近づきがたい美貌とは違い、こちらはとにかくなまめかしい。漆黒《しっこく》の肌も、艶やかな赤い髪も、水かきのついた手も、妙にぬるりとした色気が立ちのぼっている。

そして、男は千吉を凝視していた。その鬼灯《ほおずき》のような目がいっそう赤々としていくのは、なにやらぞくりとするものがあった。

千吉の兄の弥助は肝《きも》が据わっているほうだが、今は小屋の壁にはりつき、身動き一つ取れないまま絶望していた。

「どうして、こいつが来ちまったんだ！　しかも、千吉がいる時に！」

そう。千吉と、いもりの化身《けしん》である黒守《くろもり》。決して会うべきではない二人がついに、出会ってしまったのだ。

会ったことのない黒守のことを、千吉は絶対の敵として定めていた。

黒守は非常に厄介なあやかしで、気に入れば、男女の区別なく恋をささやく。そして、なぜか弥助のことを気に入り、弥助の頰に痕がつくほど口づけをしたことすらあるのだ。

それが千吉の逆鱗《げきりん》に触れた。

「お、お、俺の弥助にいにとんでもないことをして！　許さない！　黒守ってやつ、もし会えたら、火の中に放りこんで、黒焼きにしてやる！」

弟が本気だとわかっていたからこそ、弥助は心から願っていたのだ。どうかどうか、弟と黒守が顔を合わせることがありませんようにと。

それは千吉のためでもあった。

千吉は、弥助よりもはるかに美しい子だ。もし黒守が千吉を見たら、よだれをたらしてほしがるかもしれない。小さい頃から自分のそばに置き、成長していく様子をながめて楽しもうと考えるかもしれない。そして十分に大きくなった時は……。

それ以上のことは、弥助は考えるのもいやだった。

ともかく、千吉と黒守は絶対に顔を合わせないほうがいい。間違いなくそのほうがいい。

そんなことが決して起きませんようにと、弥助は何度となく祈ってきたのだ。

だが、その祈りは天に通じなかったらしい。今夜、こうして黒守が小屋を訪ねてきてしまったのだから。

身がすくむような、びりびりとした気があふれていく中、弥助はなんとかこの状況を変える方法を考えようとした。

出ていけと、黒守を追いだす？　千吉を母屋《おもや》の久蔵一家のところに行かせる？　だめだ。どちらも意味がない。ああ、千吉が今にも土間におりて、包丁を手にとりそうな気配がする。とりあえず取り押さえ、落ちつけと言わなくては。

そろりと、弥助が千吉に向かって動きだそうとした時だ。

ふっと、黒守が小さく息をついたのだ。その瞬間、はりつめていた緊張感が半減した。

つまらなそうに目を細めながら、黒守は誰にともなくつぶやいた。

「ふむ。確かに空恐ろしいほど美しい子じゃ。じゃが、愛嬌《あいきょう》に欠けていて、我の好みではないのう。……みなが噂しているから、どれほどのものかと期待して来たのじゃがのう。がっかりじゃ」

ふうっと、もう一度息をついたあと、黒守は今度は艶めいた笑みを弥助に向けた。

「弥助、ひさしぶりじゃな。元気にしていたかのう？　ああ、さすがに我がつけた口づけの痕はもう消えてしまったか。どれ、またつけてやろうかのぅ」

「うっ……」

「誰がさせるか、この野郎！」

怒り狂った猫のように、千吉は黒守に飛びかかろうとした。それを押さえつけながら、弥助は切羽詰まった声で黒守に言った。

「なんの用だよ、黒守？　わ、悪いけど、あんたの誘いとか、今は乗る気はないんだ。特に用がないなら、か、帰ってくれ」

「なんとまあ、つれない言葉であることか。心が傷ついたぞよ、弥助。我と口づけを交わした仲だというのに」

「だから！　そういうことを千吉の前で言わないでくれって！　あ、こら、や、やめろ、千吉！　そ、それにだ。口づけを交わしたんじゃなくて、あんたが俺の頰に吸いついただけだろ！」

「うむ。そのとおり。それがじつに心残りでのぅ。今度こそ甘い口づけを交わそうと、ずっと思うていたのじゃ」

弥助はもはや言葉を返せなかった。ぐああああっと、ますます暴れる千吉を押さえこむのに手一杯になったのだ。今、ここに玉雪《たまゆき》がいてくれたらと、つくづく思った。兎《うさぎ》の女妖《じょよう》の玉雪は、子預かり屋の弥助をなにかと手伝ってくれる、弥助にとっては姉とも思える優しく頼もしい存在なのだ。

「くっ！　玉雪さんがいてくれたら、千吉をなだめるのも押さえるのももう少し楽だったはずなのに！」

今夜は来てくれるだろうか？　来るなら、早く来てくれ！

千吉を羽交い締めにしながら、心の中で何度も玉雪の名を呼んでいる弥助に、黒守は笑みを消し、真顔となった。

「まあ、軽口はこれくらいにしておこうかの。じつはな、弥助、今宵《こよい》はおぬしを口説きに来たわけではないのじゃ。子預かり屋に用があって、まいったのじゃ」

「へ？」

「子供を預けたい。この子じゃ」

ぱんと黒守は手を打ち鳴らした。すると、どこからともなく光る泡が浮かびあがり、みるみる大きく膨らんできた。その泡の中には、小さな子供が一人、身を丸めるようにして眠っていた。

七歳くらいだろうか。痩《や》せ細った、みすぼらしい子だった。虫の巣窟《そうくつ》となったぼうぼうの髪。ぼろきれのような着物。垢《あか》で真っ黒な肌は、傷だらけだった。古いものから新しいものまで、とにかく傷痕でおおわれている。

あまりにひどいありさまに、弥助も千吉も思わず息をのんだ。だが、黒守はひるむことなく泡の中からその子を引っぱりだし、腕にそっと抱きかかえた。子供に大事そうな愛しそうなまなざしを向ける黒守は、まるで別の妖怪のように見えた。

戸惑う弥助の袖を、くいっと千吉がひっぱった。

「弥助にい……。あの子、妖怪じゃないよ。人の子だ」

「なに？」

まさかと、弥助は青ざめた。

「黒守、その子を……さらってきたのかい？」

「まあ、そうとも言えるかもしれぬ。生まれ故郷から連れ去ったのは事実じゃからの。じゃが、この子はもう我のものよ。このように汚れて傷ついてはいるが、我の目はごまかせぬ。成長すれば、見目良い子になろう。今から楽しみじゃ」

「おい！」

「じゃが、我の住まいに迎え入れるには、少し手はずが必要での。我が色々と整えておる間、この子を預けたい。どれほどで迎えに来られるかは、まあ、ちとわからぬが、礼はたっぷりするゆえ、よろしく頼む」

そう言って、黒守は子供をそっと床におろしたのだ。

「ちょっと待ってくれ！」

引き止めようと、弥助は手をのばした。だが、弥助の手は空をつかんだだけだった。黒守はさっとかき消えてしまったのである。

ああっと、弥助は頭をかきむしった。

「あいつ！　人間の子供をさらったのか！　いくら自分の好みだからって、こんな小さな子に目をつけるなんて、と、とんでもないやつだ！」

「だから、俺にまかせてくれればよかったのに！　あいつの脳天をかち割ってやる絶好の機会だったのに！　ああ、でも、大丈夫だよ、弥助にい。この子を迎えに、あいつはまたやってくるはずだ。その時こそ……鉈《なた》を研いでおくよ、弥助にい。黒守がいつ来てもいいように、うんと切れるようにしておかないと」

物騒な笑みを浮かべる千吉。その目に満ちる殺意は本物だった。

弥助は慌てて言った。

「いや、さすがにおまえにそんな真似はさせられないよ。大丈夫だ。この子が黒守の手に渡らないよう、何か方法を考えるから。ともかく……まずはこの子をなんとかしてやろう」

子供に目を向ける弥助に、千吉は口をとがらせた。

優しい兄は、このあとひたすら子供の面倒を見ることだろう。心をこめて、あらゆることに気をくばり、笑いかけてやるに違いない。そんな子供を持ちこんでくるなんて、黒守はまさに疫病神《やくびょうがみ》だ。

いつか、絶対に退治してやる。

黒守への復讐をあれこれ考えながら、千吉は弥助に申し出た。

「俺も手伝うよ。何すればいい?」

「ありがとな。じゃ、水を汲んできてくれ。傷の手当てをしてやりたいが、こう汚れてちゃ、傷が膿《う》んじまいそうだ。まずは体を洗ってやって……目が覚めたら、何か食わせてやろう。見ろ、千吉。ほとんど骨と皮だ」

「じゃあ、湯を沸かすついでに、雑炊《ぞうすい》の支度もするよ」

「頼んだ。湯が沸くまでの間に、俺はこの子の髪を切っちまう。いや、剃《そ》り落としたほうがよさそうだ。これは洗っても、どうにもなりそうにないからな。あ、いや、待った、千吉。雑炊も湯も後回しだ」

「え?」

「まず母屋の久蔵のところに行ってくれ。黒守ってやつがいつ子供を迎えに来るかわからないから、当分、双子《ふたご》や初音さんをこっちに来させるなって。久蔵にそう言えば、伝わるはずだ」

「そうだね。あの三人が黒守に出くわしたら、大変なことになるものね。うん。今、行ってくるよ」

そうして兄弟は忙しく動きだした。

＊

ひる　ひる　卑《いや》しい虫め
今日はどこにしのびよる
ひるはつぶせ　踏みつけろ
小便かけて　火をつけろ
ひる　ひる　まだいるぞ
しぶといやつめ　いまいましい

かすかに聞こえてくる歌声に、子供は身を縮めた。怖くて、体の中身もぎゅっと縮む思いがした。

あれは恐ろしい歌だ。自分を見つけた時に、村の子供らが歌う歌なのだから。あれが聞こえるということは、見つかってしまったということだ。こんなに暗いのに見つかってしまった。ああ、また残酷な遊びが始まるのだ。

だが、いつまで経っても、痛みは襲ってこなかった。

誰も殴ってこない。

石をぶつけてこない。

いつもと違う。何かが変だ。

ぼんやりと濁《にご》っている頭で、子供はそれでも必死で考えた。そして思いだしたのだ。

「そうか。あたし、死んじゃったんだ」

怖いよりも、ほっとした。

やっと死ねた。だから、もう誰かに追いかけられることも、ぶたれることもないはずだ。

この暗闇の中でゆっくり寝ていてもいいはずだ。

少しくつろいだ気持ちになりながら、子供は身を丸めた。そうすると、歌が聞こえなくなった。

あれは大嫌いだ。いじめが始まる合図だから。

なぜかはわからないが、物心ついた時には、子供は村の嫌われ者だった。親はおらず、身内だという者達からも邪険《じゃけん》に扱われ、意味もなくののしられた。

だから、子供はできるだけ村人の目を避けるようにしていた。日のあるうちは近くの山の中で過ごし、夜になったら暗闇にまぎれて村に戻り、どこかの納屋に忍びこんで眠った。

ほとんど食べ物はもらえなかったので、それも自分でなんとかするしかなかった。食べられるものはなんでも口に入れた。

若芽、草の実、魚。

ひもじさに耐えかねて、地虫を掘り返して食べたり、動物の死骸をむさぼったりすることも多かった。

そんな子供を、村人達はいっそう蔑《さげす》み、忌《い》み嫌った。

ひる。

やがて、子供のことをそう呼ぶようになった。

血を吸う蛭《ひる》の、「ひる」だ。誰からも憎まれる、いやらしい虫。

大人がそうまでして嫌うのだから、村の子供らは当然のようにひるをいじめぬいた。虫けらには何をしてもいいのだと、姿を見かければ追いかけ、ひるが泣き叫ぶのをおもしろがり、殴り、蹴倒した。

だが、ひるが泣こうと血を流そうと、誰も気にかけてくれるものはいなかった。それが本当につらかった。

いっそ死なせてほしいとすら思ったが、ひるが本当に死にかけると、村人はなぜか手を差しのべてくるのだ。仏頂面《ぶっちょうづら》で家の中にひるを寝かせ、卵や粥《かゆ》を食べさせてくれ、傷の手当てもしてくれた。だが、ひるが元気になると、すぐさま放りだし、またひどい扱いをするのだ。

今、死なれたら困る。

村人がそう言うのを、ひるは何度も耳にした。

やがて、その理由がわかった。

ひるは、贄《にえ》だったのだ。

ひるが住んでいる小さな村は、水の恵みによって支えられていた。作物を育てるにも、土を練り上げて壺や器を作るにも、水は欠かせない。だから、毎年春と秋には祭りを開き、水の神に感謝と祈りを捧げ、豊かな水を求めるのだ。

それでも、どうにもならないことは起きる。

かつて、ひどい日照りがあったという。何日も雨が降らず、川が干上がり、井戸も涸《か》れ果ててしまった。村人達も次々と死んでいき、このままでは全滅してしまうというほど追いつめられた。

どうしたらいい？　どうしたら雨が降る？　水を得られる？

彼らは目をぎょろぎょろさせながら考え、そして思いついたのだ。本当に困った時は、特別な贄を水神に捧げればいいと。

そうして人身御供《ひとみごくう》がおこなわれた。

その時は、身寄りのない老婆が選ばれた。村人達は老婆に白い衣を着せ、手足を縛り、古い井戸へと投げこんだ。

すると、数日後に雨が降った。

人を捧げれば、雨が降る。

すっかり味をしめた村人達は、水に困った時は人身御供をするようになった。

選ばれるのは、村にとって価値のない者達だった。もう働けないほど弱った老人、病人、身寄りのない子供……。

そして今、村にいる贄候補は、ひるだけだ。だから、村人達はどんなに目障りに思ってもひるのことを追いださず、死なせないように気をつけている。

そのことを教えてくれたのは、村長の子だった。散々ひるを殴ったあと、その子は楽しげに言い放った。

「待ってろよ、ひる。その時が来たら、俺がおまえを水神の井戸に叩き落としてやるからな！」

ひるは倒れたまま、その言葉を聞いていた。子供らの足音が遠ざかったあとも、指一本動かせなかった。

自分は生贄《いけにえ》。いつかやってくるかもしれない災いへの備え。死ぬために生かされている。

ああ、なんて、なんて惨《みじ》めなんだろう。

ひるの目から涙があふれだした。それは悔しさゆえの涙だった。

ふいに強烈に思った。

この村のために死ぬのはいやだ。死ぬなら、自分のために死にたい。そして、村人達に少しでも「しまった！　惜しいことをした！」と悔しさを味わわせてやりたい。

あちこちが燃えるように痛んだが、ひるはなんとか起きあがり、足を引きずりながら歩き出した。すでに日が暮れかけていて、村人達もそれぞれの家に帰ったあとだ。田んぼのあぜ道は人気がなく、空はぐんぐんと暗くなっていく。

だが、とろりとした夜の暗闇が、ひるは好きだった。誰にも出くわすことなく、安全に歩きまわれるからだ。

そうして、ひるは邪魔されることなく、村の奥にある古井戸にたどりついた。井戸の周りには四本の杭が打ちつけてあり、注連縄《しめなわ》が張られていた。

水神の井戸。水神のおわす井戸。村人達はここを崇め、なにより大事にしている。

これまで、ひるはここに近づくことも許されなかった。自分が卑しくて虫けらみたいな子だからだと思っていたが、今となってはわかる。不必要な時に、生贄を水神に近づけたくなかったのだろう。

ひるは注連縄をくぐって、井戸をのぞきこんだ。井戸の中は真っ暗だった。夜とは違う、息づくような闇だ。そして、水の匂いがした。生臭いほどに強い。

ぞわっと肌が粟立《あわだ》った。人ではないものの気配を、闇の奥に感じたのだ。

同時に首をかしげた。

こんな暗くて生臭い場所は、尊い水神様にふさわしくない気がする。もしかして、自分と同じで、水神様もむりやりこの井戸に閉じこめられているのかもしれない。欲深い村人達に利用されているのかもしれない。ああ、きっとそうだ。そうに違いない。かわいそうな水神様。こんな井戸の底にいては、外のきれいなものも見られないだろうに。

「あたしを食べて……力をつけて、この井戸から逃げてほしいな」

だが、身をのりだしたところで、ひるはふと思った。

水神様はこんな汚い子は食べたくないと思うかもしれない。

何かしなくてはという気持ちから、ひるはいったん井戸から離れ、周囲を探した。冬なので、ろくなものがなかったが、大きな熊笹のしげみを見つけた。この寒さの中でも青々としている大きな葉は、とてもきれいなものに思えた。

ひるは熊笹の葉を髪にたくさん差した。花飾りのかわりだ。

これで少しはましになっただろう。もしかしたら、水神は熊笹を珍しがるかもしれない。外にはもっときれいなものがたくさんありますよと、教えてあげよう。それから骨さえ残さずに、きれいに食べてもらおう。でも、一つだけお願いしたい。痛くないように、一口で食べてくださいと。もう痛いのはまっぴらだ。そのくらいはお願いしてもいいだろう。

心を決めてしまうと、とても落ちついた気分になった。

口元に微笑《ほほえ》みすらたたえて、ひるは井戸の中に飛びこんだ。体が暗闇に包みこまれ、続いて、どーんと息も止まるほど冷たい水に落ちた。一瞬にして体が動かなくなり、ひるは暗闇に飲まれていった。

だが、意識を失う寸前、ひるは人影を見た。

こちらに優雅に泳ぎよってきたのは、白い衣をまとった不思議な人だった。見たこともないほど美しく、黒い肌も赤い髪もほのかにきらめいている。

水神様だと、ひるは思った。

ああ、なんておきれいなんだろう。なんて、優しい目をしているんだろう。

感動しているひるの前にやってくると、水神は柔らかい声で言った。

「愛《う》い子よ。我に会いたかったのかえ？」

こくりと、ひるはうなずいた。

だが、それが限界だった。

ひるは完全に闇に包まれ、何もわからなくなってしまったのだ。

全てを思いだし、ひるはふふふと笑った。

水神様に会えた。水神様に食べてもらえた。今、自分は水神の胃袋の中にいるのだろう。ここなら安全だ。もう誰にも殴られない。

満足感に浸りながら、ひるはもう一度眠ろうとした。だが、願いに反して、五感がどんどん冴えていった。

なんだかおかしいと、ひるは気づいた。

薬の匂い、それによだれが出そうなほどおいしそうな匂いもする。あと、温かい。ぬくぬくと温かい。なにより、すぐ近くで人の気配がする。誰かがそばにいる。若い男の声と子供の声が聞こえる。ああ、温かい優しい手がそっと自分の頭を撫《な》でてくれている。

誰？　誰？　水神様？　でも、水神様が水神様の胃袋の中にいるわけがない。

混乱して身動きしたとたん、体のあちこちに痛みが走った。その痛みによって、ひるははっきりと意識を取り戻したのだ。

目を開いたところ、そこは見知らぬ小屋の中で、ひるは薄いが温かい布団《ふとん》に寝かされていた。そばには息をのむほどきれいな男の子と、生き生きとした目をした青年がいた。ひるの頭を撫でていたのは青年のほうで、目と目が合うなり、にこっと、ひるに笑いかけてきた。

「お、目が覚めたかい？　気分はどうだい？」

伸びやかな笑顔に、ひるは戸惑って目をふせた。こんなふうに笑いかけられたのは生まれて初めてで、どうしたらいいかわからなかった。青年の穏やかな声にも、わけもなく泣きたくなった。

この人は誰？　なぜ優しくしてくれる？　水神様はどこだろう？　食べてもらえなかった？　ってことは、まだ生きている？　どうしてどうして？

目を丸くしながらじっとしているひるに、青年はゆっくりと教えてくれた。自分の名は弥助で、男の子は弟の千吉。子預かり屋をやっていて、ひるを預かったということ。預けたのは、黒守という井戸の守り手だということ。

最後に弥助は申し訳なさそうな顔をした。

「えっと……じつは、おまえの髪を全部剃っちまったんだ。虫がすごくて、からまってて、手に負えなかったから」

言われて、ひるは自分の頭に手を当てた。弥助の言うとおり、髪は一本も残っていなかった。道理で頭がすうすうしていたわけだ。

目を瞠《みは》るひるに、弥助はますます申し訳なさげな顔となった。

「ごめんな。女の子だってわかったのは、髪を剃っちまったあとだったんだ。わかってたら、もう少しなんとかしてたんだけど……ほんとごめんよ」

ひるはかぶりを振った。汚れに汚れ、重たくて、自分でもうんざりしていた髪がなくなり、むしろ嬉しかった。これで、虫に食われたところも楽になるだろう。

ひるが泣かず、怒りもしなかったことに、弥助はほっとしたようだ。少し早口となって言葉を続けた。

「とにかく、今は体を休めることだ。たくさん食って、よく寝て、元気になるんだ。もし黒守が迎えに来ても、おまえがいやだというなら渡さない。絶対に俺がなんとかしてやる。だから、安心していいぞ。千吉、そろそろ雑炊はできたかい？」

「うん」

「よし。卵も落としてやってくれ。えっと、おまえの名前は？　なんて呼べばいい？」

「あ……」

ひるは言葉に詰まった。名前は言えなかった。蛭の「ひる」だと知ったら、この人達にも嫌われてしまうかもしれない。それが怖かった。

うつむくひるに、弥助は笑った。

「なるほど。言いたくないなら、それでもいいよ。それじゃ、勝手に名をつけさせてもらう。そうだな。今夜は月もきれいだし、月子《つきこ》って呼ばせてもらおうかな」

月子。

そんなきれいな名をもらえるなんてと、ひるは胸がつまった。

と、仏頂面をした千吉が椀を運んできた。

「お、ありがとな、千吉。よし、月子。食べられるか？　……手がうまく動かないみたいだな。よしよし。俺が匙《さじ》で口まで運んでやるよ」

「弥助にい！　そんなことまでしなくたって！　お、俺がやってやるよ！」

「いや、いいよ」

「いや、俺も手伝う！　弥助にいにばっかり、看病をやらせられない！」

「わかったわかった。それじゃ、雑炊をふうふうしてくれよ。まだ熱すぎて、口に入れたら舌を火傷《やけど》しちまうだろうから」

そうして、弥助と千吉にはさまれ、手伝ってもらいながら、ひるは雑炊を食べたのだ。

熱々の雑炊はとてもおいしかった。一口食べるごとに、体に力となって広がっていくのがわかった。

今度こそ、ひるは泣いた。

自分は生きている。生きて、見知らぬ人達から親切にしてもらっている。

すごく幸せだと、そう思った。


弥助は考えこんでいた。

今、黒守から預かった子はこんこんと眠っている。雑炊を食べ、薬を飲むと、糸が切れたかのように眠りの中に落ちていったのだ。

雑炊を食べながら、ぼろぼろと泣いていた時の、あの目。そして体中に残っている傷。

とんでもない訳ありだと、深く息をついた。

弥助のあぐらの中にちょこんと入っていた千吉は、兄のため息に即座に反応した。

「どうしたの、弥助にい?」

「いや……月子のあの傷は、昨日今日のものじゃない。黒守のことはともかく、元いた場所には戻さないほうがいいだろうと思ってさ」

「……まさか、ずっとここに置くなんて、言わないよね?」

たちまち不安そうな顔をする弟の頭を、弥助は笑いながらわしわしと撫でた。

「そんな心配はしなくていい。もう何千回も言ってるけど、俺の家族はおまえだけだよ、千吉。……ただ気がかりなんだ」

黒守がどうやって月子と出会い、どういうわけで月子をここに連れてきたのか、そのあたりの事情はとんとわからない。だが、好色な黒守のやることだ。手元に置いて月子を育て、いずれ恋人の一人にするつもりだというのであれば、これは見過ごせない。

「と言っても、黒守から月子を守るのは簡単じゃない。あいつはああ見えて、かなり力のあるあやかしらしいからな。対して、俺はただの人間だ。妖力とか術はまったく使えないからなあ」

あれこれ悩む弥助に、千吉は気をもんだ。

兄が悩む姿は大嫌いだ。いつだってほがらかに笑っていてほしいのに。黒守のやつ、厄介事を持ちこんで、許せない。ああ、もっと早く朔ノ宮のところで修業を始めていれば。そうすれば、今頃、もっと自分は強くなっていただろう。黒守を追い払えるような術を会得していたかもしれない。

歯がみしたところで、千吉ははたと思いついた。

今からでも決して遅くはない、と。

ちょうど明日の夜は、修業のために西の天宮に行くことになっている。その時に、朔ノ宮に事情を話して、新たな術を教えてもらおう。食えないところもあるが、根は優しい朔ノ宮のことだ。幼い娘が黒守に狙われていると聞けば、きっと力を貸してくれるだろう。

我ながらよいことを思いついたと、千吉はにんまりしながら兄の懐《ふところ》に背中を預けた。

月子が寝ているうちに、うんと兄に甘えておかなくては。


翌日も、月子と呼ぶことにした子供はずっと床の中にいた。熱が出てしまったのだ。眠りと朦朧《もうろう》とした目覚めを繰り返し、悪夢を見ては悲鳴をあげたり泣きだしたりした。

そんな月子を、弥助はつきっきりで看病した。汗をぬぐい、水を飲ませ、抱きしめて「もう大丈夫だぞ、月子」と声をかけてやった。

そんな兄の姿を見せつけられ、千吉はひたすらおもしろくなかった。

早くこの子をどこかにやってしまいたい。そのためにも、まずは黒守のことを解決しなくては。

日が暮れ、迎えにやってきた犬神の鼓丸の大扇《おおおうぎ》に飛び乗るなり、千吉は慌ただしく言った。

「ぽん、飛ばしてくれ！　天宮までまっしぐらに！」

「え？　でも、双子がまだですよ？」

「天音達なら、今夜は行かないよ。当分の間、父親の久蔵さんが家から二人を出さないって決めたんだ。だから、ほら、早く大扇を動かしてくれよ！　師匠のところに行かなきゃいけないいんだ！」

その気迫、焦りは本物だった。だから、鼓丸もそれ以上は何も言わず、大扇をさあっと上昇させたのだ。

風に乗った大扇は、なめらかにすばやく飛び始めた。だが、それでも千吉には遅く感じられた。

早く。早く朔ノ宮に会わなくては。

その一心で天宮の階段も数段飛ばしで駆けのぼり、朔ノ宮の部屋へと駆けこんだ。

数日ぶりに会う朔ノ宮は、なぜか傷だらけだった。そのせいか、機嫌の悪そうな顔をしており、千吉を見る目も冷ややかだった。

「これはこれは。……病になる薬がほしいと言いだしておきながら、東の腹黒狐《はらぐろぎつね》にいいように丸めこまれ、勝手に私の出した試練を放り投げてしまった不肖の弟子ではないか。いったい、今度はなんのお願いがあって、図々しくやってきたのだ？」

嫌味たっぷりの言葉だったが、千吉は気にもとめずに大声で言った。

「俺に強い術を教えてください、師匠！」

「……薬の次は術、となァ。そなた、図々しくはないか？　それに、また投げだすかもしれない子に、おいそれと術を教えられると思うのか？」

「今度は本気で覚えます！　だって、弥助にいのためだから！　二度と黒守をうちに近づかせないようにしたいんです！」

「黒守？……あやつ、今度は何をやらかしたのだ？」

さっと顔をひきしめる朔ノ宮に、千吉は手早く事情を話した。

話を聞き終えた時には、朔ノ宮は厳しい表情となっていた。

「そういうことなら、確かに見過ごせないな。よし、まかせるがいい」

「じゃ、術を教えてくれるんですか？」

「いや、そうした術はまだまだそなたには早い。だが、黒守は追い払ってやる」

「師匠がうちに出向いてくれるって言うんですか？」

「いや、そんな面倒なことはしない。なに、じつに簡単な話だ。このことを奥方に告げ口してやればいい」

「奥方に？」

「そうとも。なあ、千吉。そなたは知らないかもしれないが、黒守の奥方はな、とても怖い方なのだよ」

間違いなくおもしろいことになるだろう。

にやりと笑いながら、朔ノ宮はそう言った。


二日後、ひるは起きあがれるようになった。熱も下がり、傷も癒《い》えてきた。食べる量も一気に増え、がりがりだった体もわずかに肉がついてきたようだ。

自分が元気になっているのを、ひるはひしひしと感じていた。体だけではない。心もだ。

おいしい食事に薬、雨風の吹きこんでこない、安全で温かい小屋。

なにより弥助の存在が大きかった。

たくさん食べろ、元気になれ。

そう言って頭を撫でてくれる弥助は、ひるにとって癒やしそのものだった。

嬉しくて、ひるがついつい笑みを浮かべたところ、弥助はすごく喜んでくれた。「気持ち悪い！　笑うな！」と、ひるを殴った村人とは大違いだ。

そう。なにもかもが違う。ここでは安心して息をすることができる。誰かを怖いと思うこともない。千吉はそっけない態度を崩さないが、それはひるを忌み嫌っているからではない。大好きな兄にかまってもらっているひるに、焼きもちを焼いているからだ。

それがわかるから、ひるは千吉が嫌いではなかった。

「あたし、やっぱりあの世にいるのかな？　こんなに幸せなんだから、ここって、極楽ってところなんじゃないかな？」

そう思ってしまうほど、ひるは優しさに包まれていた。弥助達と言葉を交わし、とろりとした甘酒をすすり、夜は一緒に布団の温もりをわかちあう。そうしたこと一つ一つが、ひるには宝物のように尊かった。

だが、幸せを嚙みしめながらも、ひるの頭から片時も離れないことがあった。

黒守のことだ。

ひるを助けて、弥助達のもとに連れてきてくれたというあやかし。水神と見間違えてしまうほど優雅で美しかった。そして……。

「最初にあたしに笑いかけてくれた人……」

あれこれ世話を焼いてくれる弥助と千吉は大好きだし、感謝している。だが、黒守への想いはそれ以上に強かった。

暗闇の中からこちらに泳ぎよってきてくれた。笑いかけ、「愛い子」と呼んでくれた。あの時、生まれて初めて、生まれてきてよかったのだと、救われた気持ちになった。

弥助と千吉は黒守のことを疫病神のように思っているようだが、ひるにとっては命の恩人であり、魂の恩人だ。もう一度会いたい。ちゃんとお礼を言いたい。迎えに来ると言っていたそうだが、本当に来てくれるだろうか？　みすぼらしい子はもう見たくもないと、心変わりをしていないだろうか。

考えれば考えるほど心細くなった。

「月子？　どうした？」

ぼんやりしているひるに、弥助がすぐさま声をかけた。

「う、ううん。なんでも、ないよ」

「そうか。どこかつらくなったら、すぐに言ってくれよ。何度も言うけど、遠慮なんかいらないからな」

「うん。……黒守様、ほんとに来てくれる？」

「……そんなにあいつに会いたいかい？」

複雑な顔をする弥助に、申し訳なさを感じながらもひるはうなずいた。

「会いたい……」

「そっか。あいつは、おまえが思うほどいいやつじゃないと思うけど、それでもかい？」

「うん……食べられてもいいと思ってる」

「絶対にだめだ」

弥助の声に力がこもった。

「せっかくこうして生きてるんだ。月子はこれからいっぱいうまいものを食って、楽しいことをたくさんするんだ。そのためにも、食べられてもいいなんて思っちゃだめだ。いいな?」

「でも、あたしは……」

卑しい蛭みたいなやつだから。生贄にされるために生かされていた子だから。

心の苦しさを、どう言葉にしたらいいか、ひるはわからなかった。

と、千吉がいまいましそうにひるに言った。

「おい、やめろよ。何を考えていてもいいけど、弥助にいを困らせるようなことを口に出すな」

「ご、ごめん」

「わかればいい。ねえ、弥助にい、月子の好きにさせてやればいいよ。黒守が迎えに来たら、渡してやれば?」

「そんな薄情なことを言うなよ、千吉。どんな目にあうかもわからないんだぞ?」

「心配はいらないと思うよ。ちゃんと手は打っといたから」

「……おまえ、何をやったんだ?」

ぎょっとした顔をする弥助に、千吉が答えかけた時だ。

ずんと、小屋が揺れた。

地震かと、ひるは思った。だが、違うと、すぐにわかった。揺れたのは一度きり。だが、息がつまるような重苦しさがのしかかってくる。空気に何か強いものがあふれている。というより、とっぷりとした水の中に小屋ごと浸かってしまったかのようだ。

「なんだ？　妖怪？　月夜公か？」

「いや、そうじゃないと思うよ、弥助にい。違うやつだ、これ」

「なら、王蜜《おうみつ》の君か？　こ、こんな強い気配を出すやつ、月夜公か王蜜の君くらいしか思いつかないぞ！」

「あと、師匠も。でも、師匠でもないよ、これ」

慌ただしく弥助と千吉が言葉を交わしたあとのことだ。

戸の向こうから低い女の声が聞こえてきた。

「ここを開けよ」

命令することに慣れたものの声だった。声音そのものに強い波動、気迫がある。

ひるはすぐさま従いそうになった。だが、立ちあがり、戸に向かおうとするひるを、弥助が止めた。

ひるを抱きしめるようにしながら、弥助は外にいるものに聞き返した。

「誰だ？　なんの用だ？」

「わらわは、椒御前《はじかみごぜん》。夫が預けた子を引き取りにきた」

小屋の中の三人は、どきりとした。今、弥助の元に預けられている子供は、ひるだけだ。そのひるを引き取りに来た？　夫のかわりに？

「嘘だろ！　黒守の奥方か！　おい、千吉！　手を打ったって、奥方を呼びよせることだったのか？」

「ち、違うよ。俺はただ師匠に、黒守を食い止めてくれって頼んだだけ。そうしたら、師匠は奥方にこのことを言うって……ま、まずかったかな？」

あたふたする弥助達を見ながら、ひるはひるで胸をどきどきさせていた。

黒守のかわりに、その奥方が来た。引き取りに？　どういうことだろう？　そして、これからどうなるのだろう？

いくら考えても、何もわからない。

「何をしておる？　目的も名も告げたのじゃ。さあ、そろそろ戸を開けよ」

かすかな苛立ちがまじった椒御前の声音は、ぞくっとするほど深く響いた。

厄介事にならなきゃいいがとつぶやきながら、弥助はついに戸を開けた。

外には、見あげるほどに背が高い女が立っていた。ただ背が高いだけでなく、どっしりとした肉付きをしている。こちらを押しつぶすような圧倒的な体格だ。光沢のある黒絹の衣には、色とりどりの細かな玉が縫いつけられ、結った髪に飾られた金銀の髪飾りもまばゆく輝いている。

だが、美しいもので身を飾った椒御前の顔は、じつに醜《みにく》かった。ただれでおおわれているかのようなぼこぼことした黒ずんだ肌。異様に小さな銀色の目に、これまた異様に大きな口。鼻はほとんどなく、小さな穴が二つ開いているにすぎない。

あの黒守の妻とは到底思えないような相手を前に、弥助も千吉も、ひるもぽかんと口を開けてしまった。

だが、そうした反応に、椒御前は慣れきっているのだろう。気を悪くした様子もなく、例の低い声で言った。

「そなたが子預かり屋の弥助じゃな？　我が夫が面倒事を押しつけたようで、申し訳ない。して、子供はどこにおる？」

「……連れて帰るつもりですか？」

「そうじゃ」

「あの、く、黒守殿が迎えに来るという約束なんです。預けた相手以外に子供は渡せないことになっているので、申し訳ないけど、お、お帰りを」

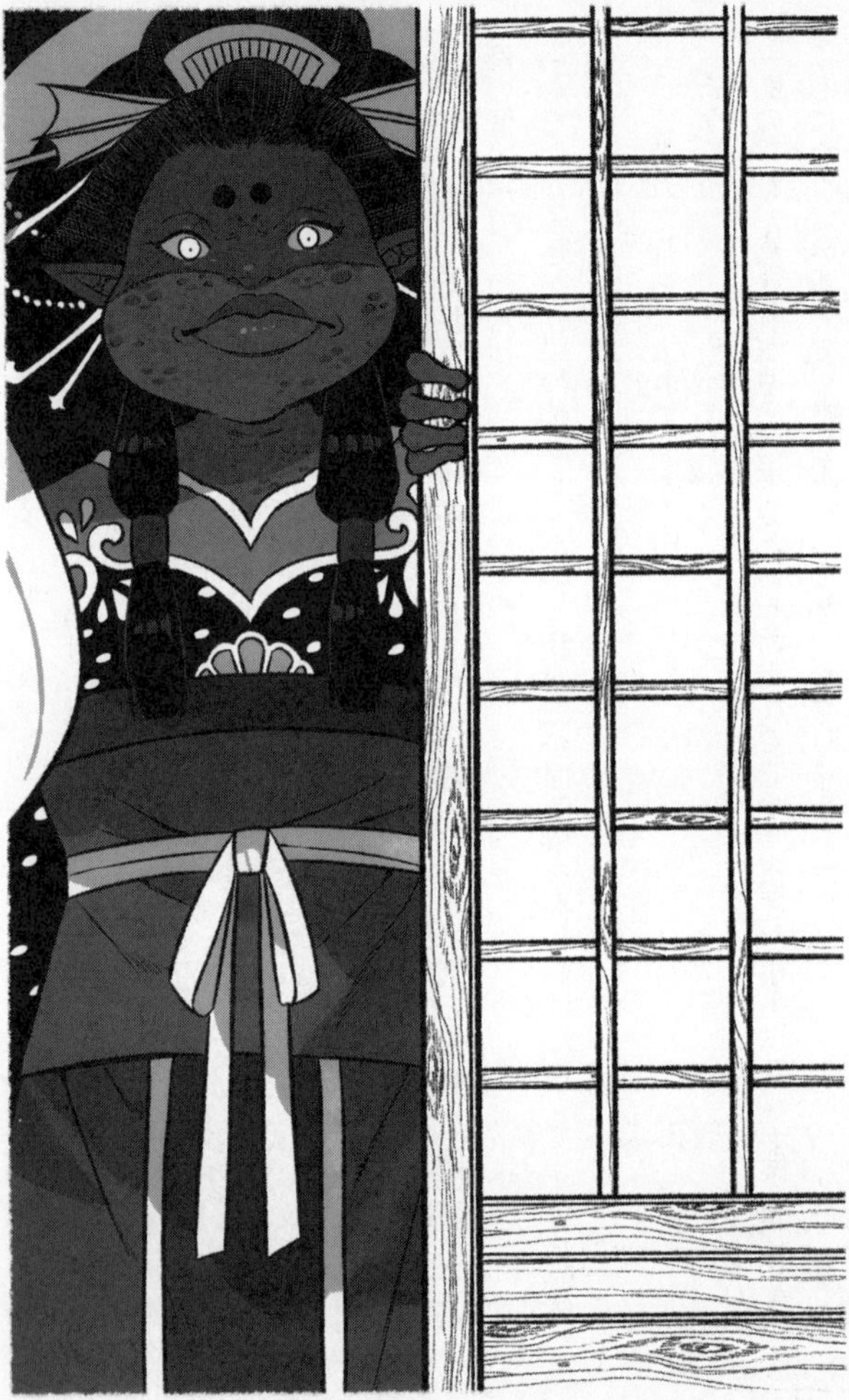

断りながら、弥助は自分の声がかすかに震えているのを感じていた。

正直、逆らうのは勇気のいることだった。椒御前の堂々とした風格は、黒守よりもはるかに上だ。おそらく力の強さ、そして気位の高さも。十分に気をつけなくてはならない相手だと、肌で感じられる。

だからこそ、おいそれとは子供を渡せなかった。自分の夫が目をつけた子供に、椒御前がどんな仕打ちをするか、わかったものではないからだ。

「……そう言えば、黒守と知り合うことになったのも、奥方が原因だったな。浮気した黒守の手を奥方が食い千切って、その手を千吉と双子が拾ってきたんだった」

そんな凶暴な妻を持ちながら、浮気をしてまわり、あまつさえ弥助にまで色っぽい誘いをかけてくるとは。

黒守は筋金入りの馬鹿なのだと、弥助はしみじみ思った。

一方、断られても、椒御前はすぐには引き下がらなかった。醜い顔は無表情だったが、小さな銀の目が不気味に光った。

「我が夫は今多忙で、どうしても子供を迎えに来ることができなくなったのじゃ。よって、妻であるわらわがこうしてまいった。それの何が不都合だと言う?」

「申し訳ないとは思います。で、でも、俺は黒守殿のことは知っていますが、あなたのことは知りません。初めて会ったあなたが、本当に黒守殿の妻かどうかもわからない。もしかしたら、正体を偽っているかもしれない相手に、こ、子供を渡すなんてことはできないんです」

言葉に詰まりながらも、弥助は一歩も退かなかった。

がりっ。

椒御前の口がかすかに動き、妙な音がした。どうやら奥歯を噛みあわせた音らしい。怒らせてしまったと、その場にいる全員が思った。

千吉は前に出て、椒御前に何か言ってやろうとした。それを察して、慌てて千吉の口をふさぐ弥助と、その弥助に必死にしがみつくひる。無言の揉み合いを、椒御前はじっと見ていたが、ふいにそのまなざしがひるに向いた。

「どうやら、その子がわらわの目当ての子のようじゃな。……こんな幼い人の子を人里からさらってくるとは……あの愚か者め！」

がりっ。がりっ。

続けざまに例の恐ろしい音が立った。

弥助がひるを後ろに下がらせようとした時だ。

「ま、待て！　待つのじゃ、奥！」

弱々しい悲鳴のような声があがり、椒御前の後ろに黒守が姿を現した。その姿に、弥助達は息をのんだ。

黒守は見事に傷だらけだった。ずたずたの生々しい傷が顔にも喉にも走っており、前髪もごっそりむしられている。そして、左手がまたなくなっていた。

立っているのもやっとのありさまのような黒守だったが、それでも必死で椒御前にかじりついた。

「やめよ。やめておくれ！　その子は違う！　違うのじゃ！」

ちっと、椒御前は舌打ちをした。

「あれほど痛めつけておいたというのに、まだ動けたとは。よほどこの子供にご執心のようじゃな、黒守殿よ」

「そ、そういうことではないと言っておろうに。どうして我の言葉を聞いてくれぬのじゃ！」

「笑止千万！　これまでの己のふるまいを振り返ってみるがよいぞ、黒守殿。わらわが耳を貸す価値など、どこにあろうか」

そこは椒御前が正しいと、弥助と千吉は心の中でうなずいた。

だが、妻に乱暴に押しのけられても、黒守は妻の衣をつかんだまま放さなかった。

「こ、これまでのことはわびる。申し訳なかった。じゃから、この子に手出しはやめておくれ。このとおりじゃ。なんなら、もうあと三噛みしてもよいから！」

「何を言うておるのじゃ？」

あきれたように椒御前は夫を見下ろした。

「無礼にも程がある。これまで、わらわが浮気相手を責めたことが一度でもあったか？妻を持ちながら、たわむれに浮気を繰り返す不届き者は黒守殿。わらわが責めるべきは黒守殿ただ一人じゃ。そもそも、わらわがこのような小さなものを傷つけるはずがなかろう」

見損なうなと言い放つ椒御前は、堂々として格好良かった。

一方、びしばしとやりこめられ、黒守は小さくなっていく。

「しかし、で、では、なぜこの子を？」

「黒守殿をそのようなありさまにしてしまって、わらわとしても反省したのじゃ。当分、黒守殿は動けまい。それでは子預かり屋とそこで迎えを待っている子供に申し訳ないとな。だから、わらわが迎えに来ることにした。なにより、今のうちに子供を安全な場所にかくまい、黒守殿の毒牙《どくが》から守ってやらねばならぬと思うたからの」

「じゃから！　それが誤解だと言うのじゃ！　わ、我は決してその子を色目で見ているわけではない！　これまでの他の子供らとて、そうじゃ。て、手元に置きたいと思うたのは、いつだって、我らの子にしてはどうかなという気持ちからじゃ！」

黒守の言葉に、椒御前は目をしばたたかせた。

「何を言うておる？　子供？　我らの、養子にしたいということか？」

「そうじゃ！……そなたのためじゃ、奥」

それまでとは違う潤んだ声で、黒守は言った。

その瞬間、椒御前の厳めしさが崩れた。

うつむくように顔を背け、椒御前は小さくささやいた。

「一つ聞く。なぜ、この子を？」

「奥に似た芯《しん》の強さを持っておる。それに……この子はこれを我にくれたのじゃ」

黒守は懐から熊笹の葉を取りだした。

ひるははっとした。井戸に飛びこんだ時に、自分が髪に飾っていたものだ。だが、どこにでも生えているような熊笹の葉を、黒守はとても大切そうに持っている。しかも、椒御前まで尊いものを見るようなまなざしとなっているではないか。

わけがわからないひるの前で、黒守は静かに言葉を続けた。

「この子は井戸に落ちてきた。我に食われるつもりであったらしい。だが、見返りを求めてはおらなかった。この熊笹の葉も、ただ我のことを思っての贈り物じゃ。我らのようなものにとって、そうした贈り物がどれほど力を与えてくれるものか、奥もよく知っておろう?」

「…………」

「それに、この子が落ちてきた井戸は、これまで何度も良からぬものが投げこまれてきた井戸じゃ。この子のありさまもひどかった。……元いた場所には戻せぬと、そう思うた」

だから連れ去った。子供を迎える支度をこそこそしていたのは、元気になってから、奥に会わせるつもりだったから。

そう話す黒守の声、言葉には、誠実さが満ちていた。

ふうっと、椒御前が息をついた。

「そうか。それは……確かに元の場所には戻せぬな」

「そうであろう? まったく、奥はいつも早とちりをする。我がどれほど心砕いているか、そろそろ……」

「黙りゃ」

「……はい」

ふたたび小さくなる黒守に背を向け、椒御前はひるのほうを見た。そして、かがみこみ、ちょいちょいと手招きをしたのだ。

ためらいながらも、ひるは前に出た。弥助はそれを止めなかった。

目の前にまでやってきたひるを見つめながら、椒御前はそれまでとは打って変わった優しい声で言った。

「のう、そなた。我らのもとに来るかえ？　いやなら、もちろんかまわぬ。人の世も捨てたものではない。まだまだそなたにふさわしき場所はたくさんあろう。望むのであれば、そなたの親兄妹になってくれる者達を探してやろうぞ」

「あ……」

「そなたのこれからのことじゃ。決めるのも選ぶのも、そなた自身。そなたの望みを言うておくれ」

そう言われてもと、ひるは戸惑った。これまで選ばせてもらったことなどない。いつも投げ与えられたものを拾い集めてきた。何かを自分で決めるなんて、自分にとっては分不相応に思える。

意味もなく申し訳なさがこみあげてきたところで、はっとした。

いつの間にか、黒守も椒御前の後ろから顔をのぞかせ、ひるのことをじっと見ていた。その目はきらきらしていた。

赤い目。鬼灯のようで、美しく、妖しく、そして優しい。

もう一度この人に会いたかったんだと思ったところで、ひるは思いだした。

そう言えば、あるではないか。自分で決めたこと。生贄の井戸に飛びこんだのは、自分の意志だ。もう村人に利用されたくないという決意からだ。その結果、ひるは黒守に出会えた。そして、椒御前にも。

椒御前の銀の目も、黒守に負けないほど美しく優しいと、ひるはそう感じた。

ほしい。この二人のまなざしがほしい。

気持ちが高ぶり、ついにひるは望みを口にした。

「い、一緒にいたい、です」

「我らを選んでくれるのかえ？」

「は、はい」

よしと、椒御前は初めて大きく笑った。

「では、そなたはこれより我らの娘じゃ。名は？」

「……月子」

「いや、それは真の名ではあるまい？」

「……ひる。血を吸う蛭の名……」

「そうかえ」

ちらりと、椒御前と黒守がまなざしを交わすのを見て、ひるは身がすくんだ。

みっともない虫けらなのだということが、知られてしまった。二人はもう、ひるを受け入れてくれないかもしれない。

血の気が引き、体がぶるぶると震えだした。

そんなひるの頭に、肩に、椒御前と黒守はそれぞれそっと手を置いた。二人の手はひんやりとして、少し湿っていたが、柔らかかった。

「それでは、そなたのことは、まひると呼ぼう」

「ま、まひる?」

「そうじゃ。日輪がもっとも輝かしい時のことじゃ」

「おお、それはよい!」

黒守が目を輝かせてうなずいた。

「うむ。この子は、我らを照らしてくれる光。じつにふさわしい名じゃ。さすがじゃ、奥」

ふふふと笑いながら、椒御前はひるを、いや、まひるを抱きあげた。

「では、愛い子や。一緒にまいろう」

椒御前の呼びかけに、まひるは大きく目を瞠った。

ああ、この人も自分のことを「愛い子」と呼んでくれるのだ。

胸にこみあげてきた想いは、涙となってあふれでた。

椒御前の腕の中で、まひるは泣きじゃくりながら思った。

自分の選択は間違っていなかった。この先どんなことがあろうと、決してこの二人を選んだことを後悔はしないだろうと。


西《にし》の天宮《てんぐう》の奉行にして犬神《いぬがみ》の長《おさ》でもある朔ノ宮は、自室で体に膏薬《こうやく》を塗っていた。先日、東《ひがし》の地宮《ちぐう》の奉行、月夜公が乗りこんできて、いつものように派手な喧嘩となったのだ。その時の打ち身がまだ痛んでしかたなかった。

「くっ！　あの狐め。無駄に妖力ばかり持っておって！　私は仮にも嫁入り前の女妖だぞ！　それを遠慮もなく殴りつけるとは、雄の風上にもおけん外道《げどう》だ！」

自分が月夜公の体に十カ所も嚙み痕をつけたことは棚にあげて、苦々しくつぶやいた時だ。朔ノ宮の鋭い嗅覚は、あるものの接近を嗅ぎとった。

急いで衣を正した直後、部屋のふすまがばんと開かれた。

黒守だった。誰であるかはわかっていたが、その姿に朔ノ宮は驚いた。衣からのぞいている手、首、顔。いたるところに治りかけの傷が白く浮かびあがっている。しかも、傷は全身にあるようだ。

自分よりもひどいなと思いながら、朔ノ宮は口を開いた。

「黒守か。なんだ、そのありさまは?」

「誰のせいでこうなったと思うておるのじゃ!」

いつものぬめるような柔らかな物腰をかなぐり捨て、黒守は嚙みつくように激しく言った。どうやらかなり頭にきているらしい。

頭から湯気を立てている黒守に、朔ノ宮はくすりと笑った。

「なるほど。弥助のところに預けた子供のことで、たっぷり奥方にしぼられたのだな?」

「そうじゃ! ひどいではないか。こともあろうに、奥にろくでもないことを吹きこむとは。我が小さな子供に手を出そうとしたことが、これまでにあったか!」

「ないな。そんな不届きな真似をしでかしたら、さすがに東の腹黒狐もそなたを見過ごさないだろう。とは言え、そうなったのは自業自得。そなたは日頃のおこないがあまりにひどいからな」

ぴしっと、朔ノ宮は冷たく言った。

「本当にどうしようもない。椒御前のことがいくら気に食わないからと言って、目についた相手を片っ端から口説くとは。当てつけにもほどがある。恥を知れ」

「それも誤解じゃ。我はそもそも奥一筋じゃ」

「……そなた、一筋という言葉の意味を間違えてはいないか？」

「いや、まことじゃ。我が心から望む相手は、常に我が妻だけじゃ」

胸を張って言う黒守を、朔ノ宮は鼻で笑った。

「悪いが、到底信じられぬよ。そもそも、そなたは望んで椒御前と夫婦になったのではないだろう？」

「……そのとおりじゃ。家同士の縁、そして水神様の命もあって、我は奥と夫婦にならねばならなかった。……認めよう。最初はあれのことが気に食わなくてたまらなかった」

「そなたは面食いだからな。だが、私から見ると、椒御前は見事な女妖。尊い珠《たま》のような魂の持ち主だぞ？」

朔ノ宮の言葉に、黒守は子供のようにこくりとうなずいた。

「それはわかっておった。夫婦となった時、すでに奥は鉄《くろがね》山椒魚《さんしょううお》一族の長にして、水生のあやかしの頂点に立つものであった。我よりも力が強く、気高く、格上であった。だからこそ、息苦しくてのぅ。奥のそばにいると、自分が惨めで小さな存在だと思い知らされる気がして、卑屈になってしまった。そう思わせてくる奥が憎らしくて、だから外で恋を楽しみ、それをあえて奥に見せつけておったのじゃ」

おまえなど見てやらぬ。

おまえなど妻としては扱わぬ。

だが、黒守のそんな仕打ちを、椒御前は悠然として受け流していた。相手にする価値すらないと言わんばかりに。

「我の苛立ちは募っていった。いや、わかっておる。どの口が言うかと、蔑まれてもしかたないことじゃ。じゃが、我はあまりに若く愚かであったゆえ……」

「だが、今は奥方を大切に想っていると？　とてもそうは見えんが、どうして気持ちが変わった？」

「きっかけは水の穢《けが》れじゃ」

「穢れ……」

無理やり人身御供にされた人間の怨念《おんねん》だったと、黒守は憂鬱《ゆううつ》そうに言った。

「朔ノ宮、そなたなら誰よりもよく知っておろう？　人の怨念は恐ろしい。その穢れは我らあやかしとは違う闇と毒をはらんでおる。……とある水脈にひどい穢れがあると知らされ、我はすぐにそこへ向かった。水の守り手として、そうしたものは必ず祓《はら》わねばならぬからのぅ。……一人で調伏《ちょうぶく》できると思っていたのじゃが、逆に我は圧されてしまった」

だが、間一髪のところで助けが入った。椒御前が、黒守と怨念の間に飛びこんできたのだ。あれには驚いたと、黒守は弱々しく微笑んだ。

「奥が我を助けてくれた。醜いと、蔑んでいた我のことを、それでも身を挺《てい》して救うてくれたのじゃ。二人がかりでなんとか怨念を消し去ったが、我の身代わりとなった奥は大怪我を負っていた。……我は不思議でならなかった。なぜ、薄情な夫を助けたのかと、思わず聞いた」

それに対して、椒御前はきっぱりと言葉を返してきたという。「縁あって夫婦となったのだから、困った時は助ける。当たり前のことをしたまでじゃ」と。

その言葉にやられてしまったと、黒守は打ち明けた。

「文字通り、胸を射貫かれてしもうたのよ。我は椒御前に惚れた。真心を誓い、改めて妻になってくれと頼みこんだ。奥は驚いていたようだったが、初めて笑ってくれての。照れくさそうなかわいらしい笑みであったわ。……やっと心と心が通い合い、我らはよき夫婦になれるかと思った。……じゃが、穢れとの戦いで、奥の体に毒が残り、子供が産めぬようになってしまったのじゃ」

それはと、朔ノ宮は息をのんだ。

「……初めて聞く話だ。……私に話してもいいのか？」

「かまわぬ。そなたは言いふらしたりせぬとわかっておるゆえ。……夜な夜な、我に隠れて泣く奥のことが、我は不憫《ふびん》でならなかった。だから、決めたのじゃ。あんなにも子を欲している奥のために、夫である我がそれを叶えてやろうと。そこで、奥が我が子として愛せるような子を生んでくれそうな相手を探すようになったわけじゃ」

「……それが浮気三昧の理由か？」

「浮気ではない！　奥のための子作りである！」

「男まで口説いているではないか」

「当然じゃ。相性が良ければ、我は男にも子供を産ませられる力があるからの。最近では、弥助がよいと思うたな。あれは好もしい若者じゃ。あの若者なら、奥も気に入るようなかわいい子を産んでくれそうだと……」

「やめておけ」

朔ノ宮は唸《うな》るように言った。

「長年の付き合いだから、一応は忠告してやる。そんなことをやろうとしたら、弥助の弟が必ずおまえの息の根を止めにかかるぞ」

ああっと、黒守はぞっとしたように身を震わせた。

「千吉、と申したか。あれは恐ろしい目をした子じゃった。あのような殺意を向けられたのは、初めてかもしれぬ。美しいのに、もったいない。あれほど食指が動かぬ相手はそうはおらぬよ」

「……もういい。そなたと話していると疲れる。まったく。その兄弟そろって話が通じぬな」

疲れたように息をつく朔ノ宮に、黒守は目をしばしばさせた。

「兄弟……ということは、我が弟はいまだにそなたの気を引こうとしているのかえ?」

「今でも日に五通は恋文を送りつけてくる。迷惑だと言っても、まるで聞く耳を持たない」

「やれやれ、我に似て、あやつもいじらしいほど一途じゃからのぅ。して、そなたは白の想いに応える気は?」

「悪いが、微塵《みじん》もない。ひどい考え違いをして、奥方を苦しめてばかりの男を、兄と呼ぶのはまっぴらだ」

「考え違い?」

きょとんとする黒守に、朔ノ宮はゆっくりと告げた。

「そもそも、根本的に間違っている。もし、そこまで子がほしかったら、椒御前のことだ、そなたに子供を作ってこいと命じているはずだ。だが、そんなことはひと言も言っていないのだろう?」

「そ、それは……」

「それどころか、今の椒御前は、そなたが女を口説いたと聞けば、夜叉となって猛《たけ》り狂う。そなたを誰にも渡したくないという真心があるからだろう。だったら、子作りなど考えずに、椒御前一人を大事にすることだけを考えるべきだ。それができないのであれば、黒守よ、そなたは奥方のことを想う資格すらない愚か者にすぎぬ」

厳しい口調で咎められ、しばらく黒守は黙っていた。もしかしたらめそめそと泣きだすかもしれないと、朔ノ宮は内心身構えた。

が、意外なことに、黒守はにっこりしたのだ。

「今の言葉は我の心に響いたぞえ、朔ノ宮。……心配せずとも、これで終わりじゃ」

「何が終わりだというのだ?」

「子作りの相手探しのことよ。もはや必要ないのじゃ。なにしろ、娘ができたからのぅ」

「娘……。弥助の元に預けた人間の子のことか?」

そうだと、黒守は大きくうなずいた。

「幸い、奥がとても気に入ってくれての。我らの娘として育てることになったのじゃ!我としても、あの子の健気なところが愛しくてのぅ。手放さずにすんで、ほっとしておる」

「そうか。それはよかったな」

「うむ。近々披露目《ひろめ》をかねて、盛大に宴《うたげ》を催すつもりじゃ。そなたも来てくれるかえ？」

「行くとも。そなたはともかく、かの椒御前の心をとらえた子供にはぜひ会ってみたいからな。そなたもついに父親か。では、しっかりするのだぞ。あっちへふらふら、こっちへふらふらとしているような父親では、娘が悲しむ」

「決して悲しませるようなことはせぬよ。これからは奥と二人、うんと大切に育てていく。ということで、我はもう帰る。早くあの二人の元に戻らねば」

「おお、帰れ帰れ」

黒守が去ったあと、朔ノ宮は憮然とした顔でぼやいた。

「まったく。結局、あやつは娘自慢がしたくて来たのか？　……疲れた」

こういう時は甘い物を食べるにかぎると、朔ノ宮は棚に置いておいた干菓子をぽりぽりとかじりだした。甘い物を食べると、やっと一息つけた気がした。

「誰彼かまわず口説いていたのが、奥方に子を与えるためとは知らなかったが……つくづく馬鹿なやつめ」

だが、娘を持てたことで、黒守は変われるかもしれない。少なくとも、黒守が椒御前に噛み裂かれることはぐっと減るに違いない。黒守に目をつけられていたもの達も、追い回されることがなくなって胸を撫で下ろすことだろう。

「そうだ。このことは千吉にも教えてやろう」

黒守が弥助に子を産ませるつもりであったこと、それを自分が止めたことも教えたら、さて、千吉はいったいどんな顔をするだろうか。

「あの子にしては珍しく、このご恩は一生忘れません、とでも言ってくるかな？」

くくくと、笑いながら、朔ノ宮はもう一つ、干菓子を口に放りこんだのだった。

三

なにより大事なものができた。

子供だ。

偶然見つけた、小さな子供。裸で、まだ目も開いておらず、一人で弱々しく泣いていた。

誰の子供でもないなら、いっそ自分の子にしてしまおう。

そう思い、急いで抱きあげたその時から、もう夢中になった。守り、温もりを与え、大切に育てていった。

子供はすくすく育ち、「おっかさん」と呼びかけてくるようになった。自分の腕の中で笑う子供は、この世のどんなものよりも愛しかった。

だが、その幸せは突然壊された。

いきなり、子供を奪われたのだ。

やつらは自分のことを化け物とののしり、こちらの身動きを封じて、子供を連れ去っていった。泣き叫ぶ子供の声は、今も耳に残っている。

それからどれほど経ったか。

動けぬ自分のもとに、誰かがやってきた。

望みを叶えてやろうと、その誰かは言った。

子供を取り返し、ふたたび一緒に暮らせるようにしてやろう。

だが、そのためには代償が必要だ。

おまえの目を封じさせてもらうが、それでもいいか?

その声は柔らかく、こちらに向けられる笑みは優しげだった。だが、目の奥にあるものはよどんでいた。

信じてはいけない相手だと、まずそう感じた。

それでも、結局取り引きを飲んだ。

子供に会いたい。どうしても会いたい。そのためだったら、なんでもしよう。

藁《わら》にもすがる気持ちでうなずくと、大きな手がゆっくりと顔におりてきた。そして、振り払うことのできない暗闇と、強烈な眠気に包みこまれた。

目が見えなくなった自分を、誰かが抱きかかえ、どこかに運ぶのを、夢うつつに感じた。

そして、ようやく正気を取り戻した時、かたわらに小さな気配を感じた。その気配の主は、震える声で「おっかさん」と呼びかけてきたのだ。

その瞬間、ぞわりとした。

違う。あの子の声はこんなではなかったはず。おずおずと触れてきた手も、もっと小さかったはずだ。

だまされたかと、怒りがわきあがってきた。

だが、例の声が物柔らかに響いてきた。

おまえが封じられてから時が経ってしまったのだ。

おまえのもとにいた時よりも、子供はずっと大きくなったのだ。

さあ、抱きしめておやり。

――も、早くおっかさんに甘えるといい。

うながされた子供が遠慮がちに抱きついてきた。

とたん、心の中で騒いでいた違和感が、みるみる塗りつぶされていくのを感じた。

これは我が子だ。やっと取り戻せた。もう顔を見ることはできないが、こうして腕に抱けるなら、それで十分。二度と離さない。二度と泣かせない。幸せにしてみせる。

そう誓い、また二人で暮らすようになった。

ずっと望んでいた幸せがようやく戻ってきた。

なのに……。

いつも心のどこかでぎしぎしと音がするのだ。

自分から引き離されていた間に、子供はずいぶん変わってしまったようだ。最初こそ久しぶりの母親に遠慮し、ぎこちない様子だったが、一度甘えることを覚えると、際限なくわがままを言うようになった。

あれがほしい。

これが食べたい。

絶対に手に入れて。おっかさんならできるでしょ?

子供の欲は満たされることがないようだった。最近では、よくないことを頼むようにもなってきた。

そして、どういうわけか、母である自分はそれを拒めないのだ。「こんなことを許してはいけない」と思うのに、ねだられると、「この子のためにやらなくてはならない!」と、気持ちが高ぶってしまう。

それを「おかしい」と思うこともできない。深く考えようとすると、頭の奥がずんと重たく濁《にご》ってくるからだ。

子供の欲に引きずりまわされる日々に、何度も心に浮きあがってくることがある。「これは本当に、自分が望んだことだったろうか」と。

だが、すぐにその疑念も暗闇に沈んでいき、長く覚えていることができないのだ。

また子供が触れてきた。こちらを捕まえるようにしがみつき、いつものようにねだってきた。

「お願い、おっかさん。いいでしょ？」

ああ、この声には逆らえない……。

*

「もう外に出てもいいよ」

その朝、起きてきた天音と銀音に、父の久蔵はそう言った。

「厄介なやつはもう来ないだろうって、弥助が知らせてくれたからね。窮屈《きゅうくつ》な思いをさせて悪かった。さ、遊んできていいよ」

「じゃ、おじい様のところに行ってきていい？」

「おじい様にもおばあ様にもずっと会ってないから、会いたくなっちゃった」

「いいともさ。親父達も大喜びするだろうよ。……二人で行ってきてくれるかい？」

「父様は行かないの？」

「その……俺はちょいと母様と話をしなくちゃいけないからね」

久蔵は声をひそめながら、ちらりと妻の初音のほうを見た。

好色な妖怪が弥助の小屋に出入りする。女子供は出くわさないに越したことはない。

それを教えられた久蔵は、ただちに動いた。この数日間、戸口のところで番をし、双子《ふたご》だけでなく、妻の初音も一歩も家から出さなかったのだ。「わたくしは大丈夫なのに」と、初音はすっかりむくれてしまい、今も目が冷え冷えとしている。なんとかして機嫌を直してもらわなければと、久蔵が焦るのも無理はなかった。

ここは二人きりにしてあげよう。そのほうが早く仲直りできるだろう。

そう読み取り、双子は「行ってきます！」と、元気に家を飛びだした。

「父様、うまく母様の機嫌を取れるかな？」

「大丈夫よ。だって、いつだって上手にご機嫌取りしてるもの」

「そうね。……ふふ」

「どうしたの、銀音？」

「ううん。ただね、なんか楽しいなって。天音と二人きりで外を歩くの、久しぶりな気がして」

「確かにそうよね。もう風邪とかひかないでよね、銀音」

「あたしだって好きでひいてるわけじゃないわよ、天音」

小鳥のようにかわいらしくおしゃべりしながら、双子は祖父母の家に到着した。

目に入れても痛くないほどかわいがっている孫達の訪問に、祖父母は文字通り、飛びあがって喜んだ。

「よく来てくれたねえ！　さ、あがりなさい。おまえ達がいつ来てもいいように、お菓子も、ほら、こうしてたくさん置いてあるんだよ。お食べお食べ」

「朝ごはんは？　まだ？　じゃ、私達と一緒に食べようねえ。卵のふわふわのお味噌汁を作ってあげる。二人とも、あれが好きだったよねえ」

「そうだ。きれいな鞠《まり》や竹細工を買っておいたんだよ。おまえ達にあげようと思ってね。ほらほら、こっちだよ。おいでおいで」

「ちょいと、おまえさん。孫を独り占めしないでくださいよ。それに、まずはちゃんと食べないと。遊ぶのもおやつも、その後ですよ」

こんな具合に、双子達はたっぷり甘やかされ、かわいがられた。父や母とはまた違った愛情を、二人は存分に楽しんだ。

帰る時には、腕いっぱいにお土産を持たされた。

「またすぐに会いに来ておくれよ。いいね？　絶対だよ？」

「というより、あたし達がそっちに遊びに行きますよ。そう久蔵達に伝えておくれ」

「わかった」

「おじい様、おばあ様、またねえ！」

「次に会えるのを楽しみにしてるね」

「おおおっ！」

涙ぐんでいる祖父母に別れを告げ、双子は家への道を歩きだした。

「おばあ様の煮物、おいしかったね」

「うん。あと、おじい様、独楽《こま》回しが上手だよね。あたしもあれくらい上手になりたいな」

「父様もできるのかな？」

「わからないけど……やってみてと言ったら、最初はできなくても、すぐにできるようになりそうだよね」

娘達を喜ばせることに命を賭けているような父親のことだ。身を削るほど練習に打ちこんで、独楽回しの達人になるに違いない。

そんな姿が目に浮かび、双子がくすくすと笑った時だった。

「ねえ、ちょっと」

声をかけられ、双子は振り返った。

すぐ後ろに、気の強そうな顔つきの娘が立っており、妙に光る目でこちらを見ていた。歳は十二くらいだろうか。なんともちぐはぐな感じのする娘だった。身につけているのは贅沢《ぜいたく》な着物なのに、肌は垢《あか》に汚れ、指の爪も真っ黒だ。真新しい花かんざしをいっぱいつけた髪はぼさぼさで、髷《まげ》も今にも崩れそうときている。

会ったことのない相手に、双子は戸惑った。

と、娘がにっと笑った。大きく開いた口から黄ばんだぼろぼろの歯がのぞいた。

「あんた達が久蔵さんの子？　そうなんでしょ？」

話しかけられ、双子はさらに戸惑った。この娘の声音、口調には、気安さを通りこして、図々しい感じがにじんでいたからだ。

「そう、だけど……そっちはだあれ？」

「あたしはおまき」

そっくり返るようにして名乗ったあと、おまきはじろじろと双子の顔をのぞきこんできた。あまりいい目つきではなかった。

「双子って初めて見るけど、ほんとそっくり。気味悪いくらい。ねえねえ、あんた達って、考えていることもいつも同じなわけ？　顔が同じだし、そうなんでしょ？」

「……別にそんなことは……」

「あの、あたし達、もう帰らないと」

おまきから逃げたくなり、双子は目をふせ、背を向けようとした。だが、がしっと、おまきが天音の手首をひっつかんだ。

「ちょっと待ってよ。ちゃんと用があって、声をかけたんだから。あんた達の家に、久蔵さん、いるの？」

「い、いるけど……」

「じゃ、ちょうどいいや。あたし、久蔵さんと会わなきゃいけないの。大事な話をしなくちゃいけないから。あんた達、一緒に連れてってよ」

それはお願いではなく、命令だった。

双子はますます怖くなった。

どうして、このおまきという娘は、自分達の父親に会いたいのだろう？　わけがわからない。

ちらりと、天音と銀音はまなざしを交わした。

どうする？

会わせないほうがいいと思うけど、でも、あたし達じゃどうにもできない。

　そうね。あたし達より年上で、力も強そうだし。逃げようとしても、逃げられないと思う。

　うん。だから、いっそ父様に会ってもらおう。会って、満足してもらって、帰ってもらおう。

　そうだね。父様ならうまく相手をしてくれるよね。


　まばたきを一度するほどの間に、互いの気持ちを読みとり、双子はおまきに向き直った。

「じゃあ、一緒にうちまで行こう」

　よしと、おまきはにんまりとした笑みを浮かべた。

「じゃ、行こう。ちゃっちゃと歩いてよね。あたし、早く久蔵さんに会いたいんだから」

　そうして、双子はおまきと共に家へ向かいだした。

　歩いている間中、おまきはしゃべりっぱなしだった。そのほとんどが自慢話だった。この前は有名な料理屋で食事をしただの、呉服問屋の一番高い反物《たんもの》で着物をこしらえただの。

　双子は黙って聞いていた。特にうらやましいとも思わなかった。ただただおまきの声を耳障りに感じただけだ。

だから、家が見えてきた時、そして庭に父親が出ていて、弥助と千吉と話しているのを見た時は、心底ほっとした。

助かった。これでもう大丈夫。

双子は嬉しくて、思わず父親のもとに走っていこうとした。

だが、双子よりも先に、おまきがばっと走りだした。そうして久蔵に飛びつき、大声で叫んだのだ。

「おとっつぁん！ 会いたかった！」

空気が凍りついた。

久蔵は目の玉が飛びださんばかりになり、双子は双子で青ざめた。

おとっつぁん。

おまきははっきりそう言った。久蔵にそう呼びかけたのだ。では、おまきは久蔵の娘ということか？ 双子以外にも子供がいたなんて、聞いたこともないのに。

混乱している親子を、弥助と千吉は黙って見ていた。千吉はさすがにぽかんと口を開けていたが、弥助のほうは冷めた顔をしていた。

「ふん。ついにこの日が来たか」

「それ、どういう意味だい、弥助にい？」

「別に驚くようなことじゃないってことさ。今でこそ、久蔵は初音さん一筋だけどな、初音さんに会う前は、そりゃもう、あちこちの女の人と遊んでまわってたのさ。正直、あいつには隠し子が十人くらいいてもおかしくないって、俺は思っている」

「へえ、久蔵さんって、黒守みたいにだらしないやつだったんだ」

兄弟の会話に、久蔵は我に返って、鬼の形相で振り返った。

「この野郎！　子供らの前でなんてこと言うんだ！」

「別に嘘はひと言も言ってないぞ」

「うるさい！　だ、黙れって！」

怒鳴ったあと、久蔵は自分にしがみついている娘をもう一度見た。

見覚えのない娘だ。年頃は十二歳くらいか。もし自分の子供だとしたら、母親は誰だろう？

昔付き合っていた女達の顔を必死で思い浮かべながら、久蔵はできるだけ優しく声をかけた。

「おまえさん、俺の娘だって言いたいのかい？」

「おまえさんじゃない。おまきだよ、おとっつぁん！」

「いや、おとっつぁんと呼ぶのはまだよしとくれ。じゃ、おまきちゃん。悪いが、俺はおまきちゃんのことをまったく知らないんだよ。正直、びっくりしてる。誰から俺が父親だって聞かされたんだい？」

「おっかさんよ」

「……おまきちゃんのおっかさんの名前を教えてくれないかい？」

「お八重《やえ》」

その名を聞いたとたん、久蔵の眠っていた記憶が呼び覚まされた。

「お八重って……芸者のお八重さんか！」

「そうだよ！　よかった！　おとっつぁんなら絶対、おっかさんのことを忘れてないと思ってた！」

嬉しげに目を細めながら、さらにぎゅうっと腕に力をこめてくるおまき。そのおもざしに、久蔵はかつて一緒に暮らした女、お八重の面影を見出し、複雑な想いがこみあげてくるのを感じた。

「そうか。おまきちゃんはあの時の子か……。お八重さんが言ったんだね？　おまきちゃんの父親は久蔵だって」

「そうよ。はっきりそう言った」

「……そうかい。お八重さんが……」

「うん。だから、あたし、ずっとおとっつぁんのことを捜してたの。ああ、ほんと嬉しい！　やっと会えた！　もうずっと一緒ね！　おとっつぁんと一緒に暮らすのが夢だったの！」

純粋な喜びをぶつけてくるおまきに、久蔵はますます複雑な気持ちになりながら、後ろを振り返った。

少し離れたところに、天音と銀音が立ち尽くしていた。すっかり血の気が引いた顔をして、光を失った目をして、こちらを見ている。

二人の顔を見たとたん、久蔵の揺れていた気持ちは決まった。

正直なところ、お八重がどうしておまきに久蔵のことを教えたのかはわからない。だが、自分が守るべきものはすでにある。妻の初音、そして天音と銀音。この三人の笑顔をなんとしても守らなくては。

心を鬼にして、久蔵はおまきをやんわりと押しのけた。

「申し訳ないけどね、俺はおまきちゃんと一緒には暮らせない。俺にはもう女房と子供がいるからね」

「でも、あたしだって！　あたしだって、おとっつぁんの子よ！」

「……それでも、うちの子じゃない。ごめんよ。……おっかさんはどこだい？　一度、ちゃんと話をしないと。その上で、おまきちゃん達がちゃんと暮らせるように、手を打つから」

お八重のことを聞き出そうとする久蔵を、おまきは信じられないとばかりに見あげていた。

「う、嘘でしょ？　おとっつぁん、まさか、あたしを捨てたりしないよね？」

「捨てるんじゃないけど、ただ……一緒には暮らせないんだよ。どうしても」

胸苦しさを覚えながらも、久蔵はきっぱりと言った。

おまきの唇がわなわなと震えだし、目に涙がもりあがってきた。それは怒りの涙だった。

「あたしのこと、いらないんだ。そ、そっちのきれいな子達がいるから、いらないんだ！　そうなんでしょ！」

「おまきちゃん……」

「やだ！　いやだ！　おとっつぁんがほしいのに！　やっとやっと見つけたのに！　こんなのひどい！」

わめきちらすおまきは、ひどく小さく哀れだった。

だが、そのあと、おまきは毒々しい目で双子のほうを見たのだ。

「大嫌い！　あんた達なんか死ねばいい！」

久蔵は気色《けしき》ばんだ。相手がおまきでなければ、自分が手ひどく拒絶したあとでなければ、おまきの顔をひっぱたいていたかもしれない。だが、これ以上傷つけるのはさすがに気が引け、叱りつけるだけにした。

「こら、おまきちゃん！　言っていいことと悪いことがあるよ！」

「わあああああっ！」

「あ、こら、待ちなさい！」

だが、久蔵の手を振り払い、おまきはすごい速さで駆け去ってしまった。

久蔵はあえて追わなかった。

あの子をもう見たくない。

自分でもひどいと思ったが、それが本音だった。

と、苦い顔をした弥助が低い声で言った。

「おまえ、せめて追いかけてやれよ」

「うるさい。事情があるんだよ」

同じほど苦い顔で言い返したあと、久蔵は娘達のところに歩みより、目が合うようにかがみこんだ。

「すまなかった。いやなところを見せてしまったね。本当にごめんよ」

「と、父様……」

「あの子、あたし達の姉様なの？　ほんとにそうなの？」

「父様はあの子をおうちに入れてあげないの？」

「……おまきちゃんを迎え入れてほしいのかい？」

「わ、わからない。……ちょっと、いや、かも」

「でも、なんだか、か、かわいそうで……」

心をかき乱された様子の二人を、久蔵はぎゅっと抱きしめた。

「ごめんよ。おまきちゃんについては、父様もわけがわからないんだ。ただね、これだけははっきり言っとくよ。俺は、おまえ達だけの父様だ。それだけは約束するから」

「う、うん……」

「うん」

「よし。それじゃ家に入ろう。……母様にもちゃんと伝えなくちゃいけないからね」

双子の手を引いて、久蔵は家に入っていった。

それを見届けたあと、千吉は弥助にささやいた。

「弥助にい、どうなると思う？」

「さあ、どうかな。久蔵の隠し子と聞いて、初音さんがどう出るか。夫婦になる前にできた子だから、浮気ってわけでもないが、いい気分はしないだろうし」

修羅場《しゅらば》にならなきゃいいなと、弥助は小さく付け加えた。

それから一刻ほど経ったあとのこと。久蔵が弥助達の小屋を訪ねてきた。久蔵のげっそりした顔を見て、弥助は一波乱あったのだと察した。

「ずいぶん初音さんに絞られたみたいだな。なんだい。そんなに初音さんは怒ったのかい?」

「かんかんだったよ。……さっき、子供らを連れて、華蛇《かだ》屋敷に帰っちまった。一件落着するまで戻らないそうだ」

「……そんなに怒っちまったのか」

「ああ。だけど、隠し子云々のことでじゃない。俺がおまきちゃんを邪険《じゃけん》に扱ったことが許せないらしい」

「え?」

「昔、あなたが付き合っていた女達のことで、目くじらを立てるなんてことはしません。あなたの知らないところで、あなたの子供が生まれていたとしても、それはそれです。でも、訪ねてきた子を泣かせるなんて、そんな薄情な人だとは思わなかった。見損ないました。……とまあ、こんな感じで責められてさ」

「裏声はやめてくれ。気色悪い」

ぞっとした顔で二の腕をさする弥助に、ばっと久蔵は間合いをつめた。その顔は真剣そのものだった。

「そういうわけで、今夜泊めてくれ」

「は？　なんでそうなる？」

「そうだよ、久蔵さん！　久蔵さんがうちにあがりこんだら、窮屈だよ。迷惑！　邪魔！」

「はっきり邪魔者扱いしてくれて、ありがとよ、千吉。だが、俺の命がかかってるんだ。人助けと思って、一晩でいいから泊めてくれ」

「命？　大げさだな」

「……弥助、おまえ、俺の話を聞いてなかったのかい？」

久蔵は据わった目となって、弥助と千吉を見た。

「初音は里帰りしたんだよ？　華蛇屋敷には誰がいる？　鬼より怖いお乳母《うば》さんがいるだろうが」

「あっ……」

「そうさ。あのお乳母さんのことだ。俺の隠し子のことを初音から聞かされたら、十中八九、俺のところに殴りこんでくる。だから、ここに泊まらせてくれと、そう言ってるんだ。この小屋には結界が張ってあって、おいそれと妖怪は入ってこられないんだろ？」

「いや、そうだけど……おまえ、本当に情けないやつだな。少しは申し訳ないと思って、お乳母さんのお叱りを受けたらどうだよ？」

「馬鹿野郎！　お叱りなんて生やさしいものになるわけないだろ？　かわいい女房と子供のために、今、ここで死にたかぁない」

「その女房子供を悲しませたのは、どこのどいつだ！」

「うっ！　うううううっ……」

顔を手でおおって、久蔵は泣きだした。その惨《みじ》めったらしい姿に、弥助はうんざりしながら弟のほうを振り返った。

「千吉、どうする？　おまえの好きにしていいぞ？」

「……このままだと、ずっと戸口で泣かれるかもしれないね。土間で寝てくれるなら、まあ、泊めてあげてもいいよ」

「お、優しいな、千吉は。よしよし。ってことで、久蔵、入っていいぞ」

「ありがとうございます」

へこへこしながら、久蔵は小屋に入ってきた。

「本当に助かるよ。あと、なんか食わせて。昼を食ってないんだ」

「図々しいな。こっちは客扱いする気はないんだぞ」

口ではそう言いながらも、弥助は茶漬けを作って、久蔵に出してやった。

大喜びで茶漬けをかきこむ久蔵を、千吉はじっとながめていた。そのまなざしに耐えきれず、久蔵は顔をあげた。

「なんだい、千吉？　俺に言いたいことでもあるのかい？　……茶漬け、おまえも食いたかった？」

「違うよ。おまきって子のこと、考えてたんだ。……あの子、あんまりいい感じがしなかった。久蔵さんには悪いけど」

「気にするな。俺も同じように思ったよ」

久蔵は憂鬱《ゆううつ》そうにうなずいた。

「本当はこんなふうに思っちゃいけないんだろうけどね。……おまきちゃんをうちの子達に近づけたくない。初音にもだ」

久蔵の言葉に、弥助は改めておまきのことを思い浮かべた。薄汚れているのに贅沢なものを身につけた、奇妙な娘。久蔵を慕っていたのは間違いないようだが、自分の願いをはねつけられた時の、あの憎しみに満ちた顔はすさまじかった。

「確かにな。でも、あの子をこのまま放っておくのはまずいと思うぞ」

「ああ。……母親のお八重さんは気っぷのいい姐《ねえ》さんだったのに、どうしてあの子はあんなふうに育っちまったんだろう？」

「気になるなら、どうにかしてやれよ」

「そうするつもりだよ。もうあちこちに声はかけたんだ。お八重さんとおまきちゃんの居場所を捜してくれって。見つかったら、話をしに行く。……お八重さんとはしっかり話さないとね」

「その様子だと、お八重って人とはずっと会ってなかったみたいだな」

「ああ。……もうずっとずっと会ってないよ」

昔を懐《なつ》かしむような顔をしながら、久蔵はぽつぽつと語りだした。

「お八重さんは、人気の芸者だった。三味《しゃみ》線《せん》の名手で、とびきりの美人ってわけじゃなかったが、とにかく愛嬌《あいきょう》があってね。知り合った頃の俺は、まだほんの若造だったけど、お八重さんがにっこりすると、胸がどきどきしたもんさ」

「けっ。おまえはちょっといい女には、すぐにどきどきしてたんだろ？」

「人を色魔みたいに言うんじゃないよ。言っとくがね、そう思ってたのは俺だけじゃない。

お八重さんに群がる男はわんさかいたんだ」

とにかくと、久蔵は声に力をこめた。

「ちゃんとけりはつける！　俺だってね、早いとこ胸を張って初音達を迎えに行きたいんだから」

「迎えに行って、すげなく追い払われなきゃいいけどな。天音と銀音も、当分久蔵の顔なんか見たくないって思ってるかも」

「弥助！　おまえってやつぁ、よくもまあ、そんな血も涙もないことを言えるね！」

「久蔵さん、弥助にいに怒鳴るなら、出てって」

「……あのな、そもそも俺は大家なんだよ？　わかってんのかい？」

恨めしげな目となる久蔵を、弥助と千吉は当然のように無視した。

こうなったのも、久蔵自身がまいた種。同情する余地はなかった。

家に飛びこむなり、おまきはためこんでいた怒りを弾けさせた。壁を蹴り、畳《たたみ》をかきむしり、茶碗や皿を片っ端から叩き割っていった。

「なんでよ！」

暴れながら、おまきは絶叫した。

せっかく会えたのに。今日のために晴れ着を手に入れて、着飾っていったのに。父親はまったく心を開いてくれなかった。ただただ困ったような顔で、おまきを突き放したのだ。どうして？　何がいけなかった？　久蔵という人はとても優しい良い人だと、母のお八重は何度となく言っていたというのに。

「いいかい、おまき。おまえのおとっつぁんの久蔵さんはね、そりゃ優しい人なんだよ。おもしろくて、冗談がうまくて……ふふ、子供みたいにかわいいところもあったりしてねえ」

父親のことを話してもらうたびに、おまきは胸をときめかせたものだ。

同時に、不満もつのらせた。

そんなに優しい人なら、どうして会いに行ってはいけない？　親子の名乗りをあげれば、父親はきっと自分達を家族として迎え入れてくれるはずなのに。

だが、お八重は絶対にそれを許さなかった。

「だめだよ。あたし達が行ったら、久蔵さんに迷惑がかかるからね。おまえがあの人の娘だってことは、あたし達だけが知っていればいいことなんだ。でも、あの人の血を引いているんだから、おまえももっと優しく、人に親切にしないといけないよ。人の物をほしがったり、うらやんだりしないで、ちゃんとまっとうに生きなくちゃ」

そんな母親の言葉が、おまきは疎《うと》ましくてたまらなかった。だから決めたのだ。いつか必ず、父親に会いに行こう、と。

だが、お八重はそれを見抜いていたのか、久蔵が江戸にいるということしか、おまきに教えてくれなかった。

おまきの不満は高まった。父親のことを頼るなと言い、貧しい暮らしを押しつけてくる母親のことがどんどん憎らしくなっていった。

だから……。

いや、あれはもういい。過ぎたことだ。大事なのは、今は望み通りの暮らしができるということだ。たらふくおいしいものを食べ、きれいな着物もこうして着られる。

昔と違い、今の母親は、おまきがねだれば、なんでも手に入れてくれるから。

あと足りないのは、父親だけだ。

「……そうだ。おっかさんに頼もう」

じきに夜になる。奥の部屋に寝ている母親が起きてくる時刻だ。いつものように抱きついて、かわいらしく頼むとしよう。

おとっつぁんがほしいのだ、と。

そのために、あの憎たらしいきれいな双子、それに双子の母親をどうにかしてほしい、と。

邪魔な三人がいなくなれば、今度こそ久蔵はおまきを見てくれるだろう。おまきだけを見て、かわいがってくれるだろう。

「おっかさんなら……うまくやってくれる」

にまっと笑いながら、おまきは奥に続く襖《ふすま》を見た。

襖の向こうから、母親が目覚める気配がした。

数日後、天音と銀音は華蛇屋敷を抜けだし、こっそり人界に戻った。

母の初音はまだ怒っていて、家には帰らないと言っている。初音の乳母である萩乃《はぎの》は、にこにこ顔で初音を労り、ここぞとばかりに久蔵の悪口を言っている。

「そうですとも。そうですとも。いっそ、このままこの屋敷に留まりあそばせ。天音様達にとっても、そのような父親はいないほうがよろしいですわ」

しきりに勧める萩乃に、天音と銀音は不安を募らせた。

このままでは、大好きな父親に二度と会えなくなってしまうのではないだろうか?

それに、自分達が留守にしている間に、あのおまきという娘が家に入りこみ、ちゃっかり父親に気に入られてしまったら?

父親を取られてしまうのではないだろうか?

天音も銀音も、それだけは「いや!」と思った。だから、父親がちゃんと一人でいるかを確かめるため、一度戻ろうと決めたのだ。

あいにくと、父親は留守だった。弥助と千吉の話によると、この数日は弥助達の小屋で寝泊まりをしており、日中は出歩いているという。

「あのおまきって子を捜して、あちこちに足を運んでいるそうだ。でも、夕方には帰ってくるはずだから、このまま俺達のところで待つかい?」

弥助の申し出を、双子は断った。

父親はおまきを捜している。あの二人をふたたび会わせたくない。そうなる前に父親に会って、「ちゃんと母様に謝って、あたし達を迎えに来て」と言わなくては。

そう思い、双子は父親を捜しに行くことにした。

だが、どちらの顔も暗かった。

たまりかねたように天音が口を開いた。

「ねえ、銀音……」

「わかってる、天音。……なんか、すごくやな気分だよね」

「うん」

不安で、いらいらして、胸が苦しかった。

おまきのことは気に食わないが、泣いて父親にすがりついた姿はかわいそうだった。さりとて姉とは思えない。

複雑な想いが胸にくすぶり、双子が深くため息をついた時だった。

ふいに、首のあたりがちりちりとした。

二人は同時に振り返った。

少し離れたところにおまきがいた。毒を含んだ目で、じっとりとこちらを睨《にら》んでいたのだ。

双子と目が合うなり、おまきは憎々しげに顔を歪め、さっと路地へと駆けこんでいった。

双子は思わずあとを追った。

ちゃんと話をしなくては。何を話したらいいか、まだわからないが、とにかく引き止めなくては。

「待って!」

「ま、待って、おまきちゃん!」

だが、おまきの足は速く、その動きは鼠《ねずみ》のようにすばやかった。あっちの路地からこっちの小道へと走りこむ姿は、逃げ慣れていた。

見失うまいと、双子はもう夢中で走った。しまいには、自分達がいったいどのあたりにいるのかもわからなくなった。

と、おまきが一軒の家に逃げこむのが見えた。

双子はすぐさまそこへ駆けよったが、戸口のところで足が止まった。

大きく立派な家なのに、中からはぞっとするような荒んだ気配がした。夜の暗さとは違う、よどんだ薄暗さにも満ちている。暗闇など恐れたことがない双子だったが、この薄暗さは怖いと思った。

と、奥から馬鹿にしたような声が聞こえてきた。

「とっとと入っておいでよ。あたしを捕まえたくて、追いかけてきたんでしょ?」

おまきが待っている。

双子は意を決して、手をしっかりにぎりあって中に入っていった。

おまきは一番の奥の部屋にいた。

恐る恐る近づいてくる双子に、おまきは「よく来たね」と笑った。にんまりとした、してやったりという笑みだった。

ぞくっとしたものを感じながらも、話のきっかけをつかもうと、天音は口を開いた。

「ここ、おまきちゃんの家?」

「そうよ。少し前から住んでる。大きくて気に入ったから、ほしくなってね。別の一家が住んでたけど、おっかさんに追いだしてもらって、手に入れたんだ」

「お、追いだした？」

「そうよ。しかたないでしょ？　だって、そうしないと手に入らないんだもの。……おっかさんは、あたしの頼みをなんでも聞いてくれるんだ。すごいでしょ？」

　にやにやと笑っていたおまきだが、ふいに真顔になって、双子を見つめてきた。

「ほんと、気持ち悪いくらいそっくり。知ってる？　双子は縁起が悪いんだよ。同時に生まれてくるなんて、獣と同じだって、世間じゃ忌《い》み嫌われるんだから。……あんた達なんて、おとっつぁんのそばにいないほうがいいんだ。おとっつぁんには、あたしだけがいればいいんだ」

　しわがれた声には、悪意と執着があふれていた。

　そのすさまじさにおののきながらも、双子はやっと気づいた。

　なぜ、おまきのことがこれほど不快だったか、今、わかった。最初から、おまきは父親を独り占めしたがっていた。新しい娘として認めてほしいのではなく、父親のただ一人の娘になりたがっていた。

　それが感じとれたから、双子は不安で、腹が立っていたのだ。

理由がわかると、改めて怒りがわいてきた。

きりっとした顔をして、天音と銀音は初めておまきに言い返した。

「縁起が悪くなんてない。双子はすごいのよ！」

「そうよ。一度に二人も宝物ができて、すごく嬉しかったって、父様はいつもそう言ってる。だから、世間の人達がなんと言っても平気よ」

あたし達は傷つかない。惨めになったりしない。父様と母様が大切にしてくれるから。

堂々と胸を張って言う双子に、おまきは一瞬気圧されたように後ずさりした。だが、すぐに顔を赤くして、目をつりあげた。

「あんた達みたいな妹なんて、絶対にいらない。……どうしてもおとっつぁんから離れないなら、それでもいいよ。おっかさんに頼むから。あんた達が死んで、そのあとにあんた達の母親も死んじまえば、おとっつぁんは一人だ。そうなったら、今度こそ、あたしのことをかわいい娘だって思ってくれる」

「死……？」

「おっかさん。おっかさん、出てきてよ。こいつらよ。こいつらがあたしの邪魔をするんだ。包んでしまってよ！」

おまきの呼び声に、ずるりと、まるでつきたての餅のような形の定まらぬものが上から落ちてきた。双子が息をのんでいる前で、それはぐねぐねとうごめき、やがて女の姿になった。

もともとはふっくらとした体つきだったのだろうが、急激にやつれでもしたのか、肉がだぶついて、揺れている。その奇妙なほど白い肌は、まとっている白い衣と一体になっており、区別がまるでつかない。長い髪は艶のない灰色で、あちこち汚れていた。

顔立ちはよくわからなかった。黒い布で目隠しがされていたからだ。

ここで双子は小さな悲鳴をあげた。

ただの目隠しではなかった。よく見れば、糸で顔に縫いつけられているではないか。

動けぬ双子の前でゆらゆらと体を揺らしながら、目をふさがれた女は苦しげに口を開いた。

「この二人がそうなのかい？　……この前みたいに、遠くに追い払うくらいでいいんじゃないかい？」

「だめ！」

女に対するおまきの声は、ぎょっとするほど鋭かった。

「そんなんじゃ手ぬるいわ。この子達がいるかぎり、おとっつぁんはあたしを見てくれないんだもの」

「……どうしても、やらなきゃだめかい？」

「うん。あたし、どうしてもこの二人に死んでもらいたいの。お願いよ、おっかさん」

おまきの声が甘ったるいものに変わった。だが、そうやってねだりつつも、母親を見る目は奇妙なほど冷たい。見下しているのがありありとわかるのだ。

異様な光景だったが、もう一つ、双子は驚いていた。

この白い女はあきらかに人ではない。あやかしだ。にもかかわらず、おまきは、この女を「おっかさん」と呼んだ。おまきのほうは生粋の人間だというのに。

人とあやかしの違いが肌で感じとれる双子には、わけがわからないことだった。

混乱している双子にかまわず、おまきは白い女に抱きついた。

「ねえ、お願い。やってくれるよね、おっかさん？　あたしのために、やってよ。お願い」

「……わかった」

ついに女はうなずき、双子のほうを振り返った。と、その体が、衣が、またしても餅のようにふくらみ、双子達へと覆いかぶさってきたのだ。

逃げる暇もなく、双子はその中に囚《とら》われてしまった。

女の体は柔らかいが重く、じっとりと湿っていた。涙の匂いだと、双子は悟った。

実際、女は泣いていた。

「ごめんねえ。ごめんねえ。許してねえ」

女が涙声で謝ってくるのが聞こえてきた。だが、謝りながらも、双子を包みこんだ白い体はじわじわと縮まってくる。

自分達を押しつぶすつもりだ。あるいは、息が続かなくなるまで閉じこめるつもりだろうか。

双子は必死でもがいたが、どんどん身動きがとれなくなり、息苦しくなってきた。怖くて、お互いにしっかりしがみつき、必死で助けを呼んだ。泣き叫んだ。

二人の泣き声に、女の慟哭《どうこく》が入り混じった。

「許して！　許してぇ！」

許してほしいなら、こんなことはやめて！

双子は呼びかけようとしたが、もう声が出なかった。頭がぼやけ、手先が痺《しび》れてくる。

せめて天音だけは助かって。

お願いだから、銀音だけは見逃して。

二人がそう思った時だ。

びりっと、布を引き裂くような大きな音と、女の悲鳴が轟《とどろ》いた。続いて、さっと光が差しこみ、息も絶え絶えになっている二人は外に引っぱりだされたのだ。

息ができる！　助かった！

頭がくらくらとする中、双子は前を見た。

そこには父の久蔵がいた。

久蔵は真っ青な顔をしており、言葉も出ない様子で双子のことをしっかと抱きしめた。

そんな父に、双子はすがりつき、泣きじゃくった。

と、誰かが双子達をのぞきこんできた。

「大丈夫か？」

思わぬ相手だったので、天音と銀音は目を瞠《みは》った。

「は、白王《はくおう》さん！」

朔ノ宮の眷属《けんぞく》であり、朔ノ宮を支える四連《よんれん》と呼ばれる犬神《いぬがみ》達の一人、西空《さいくう》の白王がそこにいた。

仁王像のような筋骨隆々としたたくましい体に、白く精悍《せいかん》な犬の頭を持つ白王だが、意外にも風流で雅《みやび》やかなことを好み、茶の湯や歌詠みをたしなむ。双子のこともかわいがってくれていて、花摘みなどに誘ってくれたりする優しい犬神だ。

今も、心配そうにこちらをじっと見つめている。

双子がうなずくと、白王はほっとしたように息をついた。

「間に合ってよかった。あの女の中からおまえ達の匂いがした時は、もうだめかと思ったぞ」

どうやら、白王が女の衣を引き裂き、双子を助けてくれたようだ。

ああ、そう言えば、あの女は？　それに、おまきは？

父に抱きついたまま、双子は後ろを振り向いた。

ひいひいと、荒く息をつきながら、女が床に倒れていた。衣と一体となっている体は大きく引き裂かれていたが、血は出ておらず、ただふわふわした白い綿が床にこぼれていた。

そのそばにはおまきがいた。傷ついた女を気遣う様子もなく、怒りと悔しさが入り混じった目でこちらを睨んでいる。

こうなっても、なお敵意をむきだしにしてくるとは。

その執念と悪意に、双子はびくりと体がひきつった。

それを感じとり、久蔵は双子をさらに抱きしめながら、初めておまきのほうを向いた。

おまきの表情が一変した。怯えた鼠のような顔になったのである。そうさせるだけのものが、久蔵のまなざしにはあった。

だが、久蔵が口を開くより先に、白王が久蔵の肩に手を置いた。

「ここは俺にまかせて、今は子供達を連れて家に帰るといい、久蔵殿」

「いや、でも！」

「この子達を見てみろ。休ませ、落ちつかせてやらねばだめだ」

「……見逃すつもりはないんですよね？」

「もちろんだ。きちんと片はつける。安心してくれ。あとでそちらに赴き、どうしたかを全て話すから」

まかせてくれと繰り返す白王に、久蔵はしぶしぶうなずいた。

「わかりました。それじゃ、頼みましたよ。さあ、天音、銀音。俺のお姫さん達。家に今すぐ帰ろう」

優しく声をかけながら、久蔵は双子を両腕に抱きかかえ、戸口に向かって歩きだした。

その背中に、たまりかねたようにおまきが呼びかけた。

「おとっつぁん！」

「俺はおまえのおとっつぁんじゃないよ」

しんと冷えた、ぞっとするような声音だった。

おまきはひるんだように震えたが、双子が受けた衝撃はそれ以上だった。

そして思った。一刻も早くここを出なくては、と。

今の父親は、おまきに言いたいことが山ほどあるに違いない。だが、それを言わせたらいけない。心優しい父のことだ。言った後で、きっと後悔するに決まっている。

父親を守るために、双子はそっと声をあげた。

「父様、おうちに帰りたい」

「早く行こう。ね？」

双子の呼びかけに、久蔵は我に返ったかのようにうなずいた。

「……ああ、そうだね。もう行こう」

久蔵はそのまま振り返ることなく、双子を抱いて部屋から出ていった。


久蔵達の姿が見えなくなるまで、犬神の白王はじっと見送った。目が離せなかった。あれほどのすさまじい怒りを、それでも娘達のために抑えこみ、立ち去るとは。なかなか見事な男だと、白王は感心していた。

「なるほど。人でありながら、あやかしの姫と夫婦になっただけのことはある。……いつかじっくりと話をしてみたいものだ」

だが、まずはこちらが先だと、白王は前に向き直った。

久蔵に拒絶された娘の顔は、ひどく青ざめていた。だが、白王が自分を見ていることに気づくなり、その顔は醜《みにく》く歪んだ。そして、足元に倒れている女にけたたましくわめいたのだ。

「おっかさん！　おっかさん、立って！　怖いやつがいるのがわかんないの？　化け物をやっつけて！　殺して！　あたしのために！」

「お、お、まき……」

「何をぐずぐずしてるの？　早くして！　あいつはあたしをさらう気よ！　また離れ離れになってもいいの？」

その言葉に、白い女は反応した。息も絶え絶えの様子でありながら、それでも必死に起きあがり、白王に向かってこようとしたのである。

哀れみを感じながら、白王は懐《ふところ》から銀の縄を取りだし、女に投げつけた。

「縛《ばく》！」

白王の一声で、縄は蛇《へび》のようにすばやく女にからみつき、一瞬にして縛りあげてしまった。

ふたたび倒れた女に近づき、白王はかがみこんで優しく女の額に手を当てた。

「痛みがひどかろう。すまないな。子供らの命がかかっていたから、おぬしのことまで気遣ってやれなかった。……色々聞きたいことがあるが、まずは眠れ。次に起きた時、おぬしの苦しみは少しは和らぐかもしれん」

あの方がきっと手を尽くしてくださるはずだ。

赤子をなだめるような柔らかい声でささやきながら、白王は女の額を指先でなぞり、印を書きこんだ。

もがいていた女の体から力が抜け、動かなくなった。眠りに落ちたのだ。

それが娘にもわかったのだろう。わなわな震えながら、金切り声をあげた。

「どいつもこいつも！　役立たず！　おっかさんの役立たず！　こんな簡単なこともできないなんて！　あたしのためなら、やりとげられるはずなのに！」

「おぬし、もっと他に言うべきことがあるのではないか？」

「う、うるさい！　黙れ、化け物！　あっち行け！　言っとくけどね、あ、あたしに手出ししたら、後悔することになるわよ！　おっかさんだけじゃないんだから！　強い味方が、他にも五万といて、あたしのことを大切にしてくれているんだから！」

ぎゃあぎゃあ叫び、脅してくる娘を、白王は冷ややかに見返していた。

娘の性根はすでに正確に嗅ぎとっていた。

あらゆるものを欲しがり、手に入っても満足することを知らない心の持ち主だ。そして、自分の不幸や苛立ちを、全て他人のせいにする。

こういう相手とやりとりをしなければならないのは、白王にとって最も苦痛なことと言えた。何を言っても無駄だと、わかっているからだ。

それでも、さすがに言い返さずにはいられなかった。

「このあやかしは、おぬしの母ではあるまい。それに、母などとは、微塵《みじん》も思っていないだろうに」

ぎくっとしたように娘が黙ったので、白王はさらに言葉を続けた。

「なぜ、そんなにも心に毒をためこんでいるのだ？　まだそんなにも幼いのに、相手を利用することばかり考えているな？　このあやかしのことも、少しも大事に思ってはいない。ああ、何も言わなくていい。おまえの匂いが全てを語っているからな。それに……自分の本心も押し殺している」

「な、何を言って……」

「いったい、誰を死なせた？」

ぶわっと、娘の体から記憶の匂いがほとばしりだした。おかげで、白王はまるで我が目で見るかのように、何が起こったかを頭に思い浮かべることができた。

まずは娘が見えてきた。小雨が降りしきる中、母親から盗んだ金を握りしめ、必死で走っている。江戸に、父親に会いに行こうと、その心は決意に燃えている。

と、娘の母親が追いかけてきた。

貧しくともまっとうに生きなくてはいけないと、いつも口を酸っぱくして言う母親のことが、娘は理解できなかった。

自分の父が金持ちで優しい人だというのなら、面倒を見てもらって何が悪いというのだろう？　もっと贅沢に生きたいと望んで、何が悪いというのだろう？

二人は橋の上で揉み合いとなった。

絶対に父親の元に行ってはだめだと、叱りつけてくる母親を、娘はかっとなって力任せに突き放した。

母親は足を滑らせ橋から落ちた。そうして、流れの速い濁った川に頭から飲みこまれていったのだ。

娘は呆然としながら川を見つめた。その心にあふれていたのは、悲しみではなく、混乱と言い訳だった。

こうなったのは偶然だ。自分は悪くない。自分のせいではない。母親が追いかけてきて、怒鳴ったりするから、つい突き飛ばしてしまったのだ。そもそも、母親がいけない。なんでもかんでも「だめ！」ばかり言うから。……江戸だ。江戸に行って、父親に会えば、幸せになれる。幸せになれば、死んだ母親だって喜んでくれるはず。

娘がどんどん心をねじくれさせていったわけを知り、白王はため息をついた。

「そうか。母親か。……つまらないことで、大切な人を失ってしまったのだな」

自分の記憶、罪を読み取られたと知り、娘の顔が怒りと恐怖でどす黒くなった。

「違う！　あたしのせいじゃない！　おっかさんが死んだのは、あたしのせいじゃない！　おとっつぁんがほしかっただけ。それだけなのに！　お、おっかさんがあたしを追いかけてきて、勝手に足を滑らせて、川に落ちたんだ！」

もういいと、白王は額を揉みながら、娘の言葉を遮った。

「もういい。そう思いたいなら、ずっとそう思っていればいい。どのみち、俺におまえの心は救えない。力不足もあるが、そうしてやるだけの義理も役目もないからな。だが、一つだけ、聞きたいことがある」

白王の声に凄みと力が加わった。

目をらんらんと光らせ、口元から牙すらのぞかせながら、白王は娘との間合いを一気に詰め、怯えきっている顔をのぞきこんだ。

「誰がおぬしをそそのかした？　失った母のかわりに、あやかしをあてがったのは誰だ？　答えよ、娘。俺はそやつのことが知りたい」

娘は気圧《けお》され、一瞬だが、年相応の幼く素直な表情を浮かべた。

だが、それは本当に一瞬で、すぐにまた怒りと憎しみが目に燃えあがった。

自分が怯えたことが許せないとばかりに、娘は勝ち気に声を張りあげた。

「なによ、偉そうに！　いいわよ。教えてあげる。あの人のところにのこのこ行けばいい！」

「やはり、黒幕がいるのだな？」

「そうよ。すごい人なんだから！　悪い妖怪を捕まえて、心を入れ替えさせて、人間の役に立つようにできる！　あんたもね、化け物、術で捕まって、人間様の道具になればいいんだ！」

「……そやつはどこにいる？　名は？」

「そんなに知りたい？」

勝ち誇ったように、娘は口を動かしかけた。

だが、その時、白王は娘の喉に黒い点が浮かびあがるのを見て、はっとした。

「だめだ！　それ以上しゃべるな！」

制止しようとしたが、遅かった。

白王が娘の口をふさぐ前に、娘の喉の黒点はばっと大きく広がったのだ。

女は泣いていた。

大事な子をまた奪われた。失った。

今度こそ守り抜き、幸せにすると誓ったのに。

子供の願いを叶えてやることもできなかった。あの双子を殺すことに迷いがあったせいだ。どうしてもやりたくなくて、手間取って……。

そうこうしているうちに、強いあやかしがやってきて、自分を引き裂き、双子を連れ去っていった。そして、かけがえのない子も……。

あの子の気配がしない。匂いも声も、何も感じられない。わかる。あの子にはもう二度と会えないのだと。

自分の命が尽きかけていることよりも、また子供を失ってしまったことが耐えがたかった。自分の弱さが憎くて、傷の痛みすらあまり感じない。

ひたすら嘆きと涙に溺れ、そのまま闇に沈んでいきそうだった。

が、ふいに肌が粟立《あわだ》った。

自分を引き裂いたあやかしよりも、ずっとずっと力を持つ存在がそばに近づいてくる。

これは大妖《たいよう》だ。赤子の手をひねるようにして、自分を消してしまえる相手。おそらく、子供を奪ったのは、この大妖の意向に違いない。

怒りと憎しみをかきたてられ、女は最後の力をふりしぼって、大妖に飛びかかろうとした。

小さな傷一つつけるだけでもいい。自分の無念さがどれほどのものか、相手に伝えたい。

だが、そうする前に、柔らかな声が呼びかけてきた。

「つつり。そなたはつつりと言うのだろう?」

呼びかけられたとたん、女は自分の名前を取り戻した。

つつり。そうだ。自分の名はつつりだ。ずっと忘れていたけれど、今、思いだした。

自分のもとに戻ってきた名前を心の中で抱きしめると、不思議なくらい頭が冴えてきた。

長い夢から覚めたような心地になりながら、つつりは声の主の気配を探った。本当に強い妖気だ。だが、温かい。こちらを包みこむような優しさが感じられる。

と、声の主がふたたび声をかけてきた。

「つつり。私は妖怪奉行、朔ノ宮だ。西の天宮を司るものだ。私の声が聞こえているか?」

相手の正体を知り、つつりは畏怖《いふ》で身が縮む思いがした。同時に、首をかしげた。

自分のような取るに足らないあやかしの名を、朔ノ宮ほどの大妖がなぜ知っているのだろう?

つつりの心を読んだかのように、朔ノ宮の声がゆるやかにおりてきた。

「そうだ。そなたのことは知っている。五十年ほど前に人間の赤子を拾い、育てていたというあやかしのことは、私の耳にも届いていた。急に姿を消したと言われていたが……人間に封じられていたのだな」

「あ、あああっ！」

長年ためこんできた怒りが心の中で爆《は》ぜた。

つつりは見えない目をかきむしるようにしながら、朔ノ宮に全てを打ち明けた。

子供を拾って、育てて……。

母と呼ばれ、慕われ、とても幸せだった。

だが、ある日、おかしな連中がやってきた。子供に対しては悪意を向けず、そやつらはつつりだけに憎しみを向けてきた。

つつりの正体を、そやつらは知っていたのだ。

目をぎらつかせ、「化け物め！」とわめきながら、そやつらはつつりから子供を引き離し、つつりのことを封印した。

「封印されてからも、ずっと……ずっともがいていた。あの子の声が、耳から離れなくて……とにかく、自由になりたかった。さらわれた子を見つけだして、取り戻したかったから。その時、誰かが……話しかけてきた」

誰だったかは、どうしても思いだせない。顔を見たはずなのに、男であったか女であったか、それすら思いだせないのだ。

だが、何を言われたのかははっきり覚えている。

「望みを叶えてやろう。子供を取り返し、ふたたび一緒に暮らせるようにしてやろう。だが、そのためには代償が必要だ。おまえの目を封じさせてもらうが、それでもいいか？

……そう言われた」

「で、そなたはそれを受け入れたのだな？」

「子供に、どうしても会いたかったから……」

そして、約束は守られた。見る力を奪われたつつりのもとに、ちゃんと子供は帰ってきたのだから。

「でも、でも！　また奪われた！　返して！　あの子を返してください！」

「落ちつけ。傷が開くぞ」

「あ、あたしにはあの子しかいない！　あの子だって、あたしが必要！　なぜみんな邪魔をしてくるんです？　二人きりで、あたし達は幸せなのに！」

激しく泣きだすつつりに、朔ノ宮は痛ましげな声で告げた。

「残念なことだが、そなたはだまされていたのだ。……引き合わされた子、あてがわれた子は、そなたが愛した子ではない。おまきという娘は、そなたの子ではない」

「ち、違う！　あれはあたしの子！　あたしだけの子です！」

「自分でも薄々気づいているのではないか、つつり？　再会した時、奇妙だと思わなかったか？　子供の匂いも気配もまるで違ったはずだ。なにより魂のありようが。それでも、そなたは信じてしまった。そして、この子がほしがるものをなんでも与えなくてはと、心に誓ったのではないか？」

「………」

「そういう術をかけられたのだ。そなたの封印を解いた者は、そなたに新たな術をかけ、操っていたのだよ」

そして、術をかけられたつつりを、おまきは遠慮なく利用していたのだという。

ああっと、つつりは頭を抱えこんだ。

そうだ。言われてみれば、いちいち納得できる。願いを叶えてほしい時だけ、甘ったるい声を出し、気に食わないことがあると、手が付けられないほど癇癪《かんしゃく》を起こしたおまき。

ああ、ああ、なぜあんな子を我が子だと思ってしまったのだろう。

おまきに対してより、おまきを我が子と思いこんでしまった自分が許せなかった。

あの子の悪い願いを、自分はどれほど叶えてしまったことか。

ねだられるままに、菓子やかんざしを盗み、与えた。

家がほしいと言われた時は、そこに住んでいた一家を怖がらせ、着の身着のままで追いだしさえした。

なんと罪深いことをしてしまったのだろうと、つつりは身もだえた。

だが……。

それでもだ。こんなにも穢《けが》れてしまったというのに、やはり子供に一目会いたいという気持ちを抑えられなかった。

おまきは、あの子ではなかった。では、あの子はどこにいる？　自分から奪われたあの子は、今、いったいどうしているだろう？　ああ、せめて幸せでいてほしい。あの子が幸せであるとわかれば、もう何もいらないのに。

自分の命が尽きかけているのを感じているからこそ、つつりは狂おしいほど子供のことを想った。

そんなつつりの想いは、朔ノ宮にはお見通しだったらしい。優しくつつりの手をとりながら、ゆっくりとささやきだした。

「そなたと引き離された子は、とある村に連れていかれたそうだ。妖怪にさらわれていた哀れな子ということで、優しい老夫婦に引き取られ、村人達にも大切にされたらしい。だが、どんなに年月が経とうと、その子は母親を忘れなかった。いつも周囲に言っていたそうだ。自分の母親がいつかきっと迎えに来てくれる。もしも迎えに来てくれなかったら、自分から捜しに行く。絶対に見つけて、また一緒に暮らすんだ、と。そう言って、これを肌身から離さなかったそうだ」

そう言って、朔ノ宮は何かをつつりの手に握らせてきた。

柔らかく、小さなもの。その肌触り、匂いに、つつりははっとした。

これは自分の一部だ。引き離されまいと、あの子が必死でしがみついてきて、その時に千切れてしまったものだ。

それを、あの子はずっと持っていた。そのことが意味するのはたった一つだ。

つつりの心に喜びがあふれた。

あの子は妖怪の自分を母として慕い続けてくれたのだ。

周囲からは「あれは母などではない。恐ろしい妖怪など忘れてしまえ」と、色々と言われたはずだろうに、あの子はつつりを信じ、揺らがなかった。

ああ、ああ、嬉しい！　今すぐあの子のところに行かなくては。これ以上は待たせられない！

「さ、朔ノ宮様！　あの子は？　どこにいるんです、か？」

「……そなたのことを調べるために、配下を人界に向かわせ、匂いをたどらせた。そのうちの一人がたどり着いた墓に、それはあったのだ。……その墓が誰のものか、土地の小妖達に聞けば、全て教えてくれた。……十六歳で熱病で亡くなったそうだ。亡くなった時も、しっかりと母の形見をつかんでいたという」

つつりは力が抜けていくのを感じた。

あの子は死んでいる。もう会えない。二度と会えない。

つつりの体が縮みだした。命をつなぎとめていたものが外れ、一気にこぼれ始めたのだ。

だが、惨めな死を迎えようとしているつつりを、朔ノ宮は見捨てなかった。力強い腕で、つつりのことを抱きしめてきたのだ。

「そなたは本当によくがんばった。良き母親だ。見事な生き様だったぞ、つつり。自分を誇りに思うがいい」

「誇り、に……」

「そうとも。だからな、胸を張って、娘を迎えに行ってやるといい。きっと待っている。あるいは、気骨のある子のようだから、迎えに来ているかもしれない。だから、ほら、目を開けなさい」

「だ、だけど、あたしの目は……」

「もう目を開けていいのだ。そなたを縛るものはない」

目隠しが取れていることに、つつりはやっと気づいた。

決して取れないはずの、契約の目隠し。これを縫いつけられた時から、自分はおかしくなったのだ。

だが、それがもうない。

恐る恐る、つつりは目を開いた。

見えたのは暗闇だった。自分を抱きとめてくれているはずの朔ノ宮の顔すら見えない。

自分の目はとうにつぶれてしまっていたようだと思った時だ。

ふと、遠くに人影が浮かびあがった。

みるみるそれは近づいてきて、若い娘の姿となった。喜びに目を輝かせ、大きく笑みを浮かべて駆けてくる娘を見るなり、つつりは一つの名を叫んでいた。

「春菜《はるな》！」

そうだ。春菜だ。

春に拾った子。

菜の花とうららかな日差しのような、明るく優しい子になるよう、名づけた。

ああ、やっと思いだした。やっと、取り戻せた。

つつりの腕の中に、春菜が飛びこんできた。その姿がみるみる小さくなり、女童《めのわらわ》となっていく。つつりと引き離された時の姿だ。

「おっかさん!」

「春菜! 春菜!」

「会いたかった! ほんとにほんとに会いたかった!」

「あたしもだよ! ああ、もう絶対に離さない。ずっとずっと一緒だからね!」

「約束よ?」

「うんうん。約束するよ」

自分の子。自分の娘。

今度こそ離さないと、つつりは娘をしっかりと抱きしめたのだった。

つつりが煙のように薄れて消えていったあとも、朔ノ宮はしばらくその場に座っていた。

後ろに控えていた白王がそっと口を開いた。

「娘が迎えに来ていたようですな」

「そのようだ。……この、深い満足と愛しみがあふれた匂い。つつりは良い最期を迎えられたな」

「しかし、姫様が本気になれば、つつりを助けられたのでは?」

「……つつりはすでに生きたいという望みを失っていた。無理やり命をつなぎとめるのは、かえって残酷というものだ」

悲しげに、だがきっぱりと言う朔ノ宮に、白王は深々と頭を下げた。

「……お許しください。俺も少々心乱されているようです」

「そうだろうとも。……気分直しをかねて、あの双子の様子を見てきておくれ。あの子らは私のかわいい弟子達だからな」

「承知いたしました。どのみち、ことの顚末《てんまつ》を伝えると、久蔵殿と約束してあるのです。あのおまきという娘のことも話さなければ。これから行ってまいります」

白王はそう言って、姿を消した。


同じ頃、久蔵はなんとも言えない顔で、自宅の部屋に座っていた。

久蔵の前には娘達が寝ていた。

家に連れ帰ったあとも、双子はずっと泣いていた。それを抱きしめ、話しかけ、なだめすかして。

そうして、やっと二人は落ちつき、つい先ほど眠ってくれたのだ。

娘達の涙のあとが残る寝顔が、久蔵は痛々しくてたまらなかった。と同時に、おまきに対する怒りはおさまることを知らなかった。

まだほんの子供。わかっている。だが、許せない。

お八重さんの娘だ。それもわかっているが、こうなった以上、もうどうでもいい。

さっきはなんとか堪えたが、もし今おまきの顔を見たら、間違いなく飛びかかって、首を絞めてしまうだろう。

自分の中の獣を持て余し、ぎりぎりと拳《こぶし》に力をこめていた時だ。

ふいに、気配を感じて、後ろを振り向いた。

犬神の白王がいた。

「久蔵殿。報告に参った」

「ちょっと待った。場所を移しましょう。この子達、寝たばかりなんですよ」

声をひそめて言葉を返し、久蔵は白王を別の部屋に案内した。娘達を助けてもらった礼にと、とっておきの酒を出し、大きな茶碗と一緒に白王に勧めた。

「あいにくと肴までは用意できなかったんですが……。なんだったら、弥助に頼んで、何か持ってきてもらいますよ」

「いや、これで十分だ。かたじけない」

そう言って、白王は酒に口をつけた。惚れ惚れするようなきれいな飲み方だったが、一杯、二杯と、まるでやるせないものを飲み干すように飲んでいく。

その様子に、久蔵はだいたいのことを察した。

「……あの子、死んだんですか？」

「……ああ」

助けられなかったと、白王はうつむきながら懐から何かを取りだし、久蔵に差しだした。子供の手のひらほどの赤い小箱だった。

うながされるままに小箱を受けとった久蔵は、ふたを開けてぎょっとした。中には見たこともないほど大きな蜘蛛《くも》がおさまっていたのだ。毛むくじゃらの八本脚は太く、毒々しい紅色をしている。これに比べれば、女郎蜘蛛が愛らしく見えるほどだ。

だが、ぴくりとも動かない。

死骸なのだと、久蔵は気づき、ほっと胸を撫《な》で下ろした。

「これは？」

「腐蜘蛛《くさりぐも》だ。術で生みだされた毒蜘蛛だ。……おまきには、あやかしを与えた人間がいた。そやつは、ひどく用心深いようだ。秘かにおまきに術をかけ、自分のことを誰かにもらそうとしたら、体に潜ませたこの蜘蛛が毒を放つようにしていたらしい」

そうとは知らずに、白王はおまきに術者のことを尋ね、おまきはそれに答えようとした。その瞬間、おまきの首が真っ黒になり、ばったりと倒れたのだという。

「一瞬だった。俺が慌てて抱きおこした時には、すでに息絶えていた。……自分の身に何が起こったかすら、あの子は気づかなかっただろう」

呆然としている白王の見ている前で、おまきの黒く腐った喉元からこの蜘蛛が這い出てきたのだという。

「俺が捕まえたところ、蜘蛛もすぐに死んだ。術者は自分の痕跡を残さないようにしているようだ。……すまない、久蔵殿。まかせてくれと豪語しておきながら、結局、俺はあの娘を救えなかった」

悲しげな顔をする白王に、久蔵はかぶりを振った。

正直、心中は複雑だった。おまきが死んだことに、悲しみは感じなかった。ざまあみろとまではいかないが、報いがあったのだと思ってしまう。そんな自分の冷たさが、むしろいやだった。

久蔵は話を変えることにした。

「おまきちゃんには母親がいたはずなんです。そのことについて、何かわかりましたか？」

「母親はすでに亡くなっている。おまきがそう言っていた」

「そ、そうでしたか。それじゃ……あの白いあやかしは？　どうなったんです？」

「西の天宮に連れ帰って、姫様と俺とで看取った。つつりという名の、哀れなあやかしだった」

白王は、つつりについて全てを話した。

「なるほど。……育てていた子を奪われて……かわりに、おまきちゃんをあてがわれ、操られていたってことですか」

「ああ、だが、最期は穏やかなものだった。どうやら、その、娘の魂が迎えに来たらしくてな。幸せそうに息を引き取った」

「それは……よかった」

本心からの言葉だった。娘達を殺そうとしたあやかしには、久蔵は不思議と憎しみを感じなかったのだ。むしろ、満足のいく最期を迎えられたようだと聞き、ほっとした。

俺の話は以上だと、白王は立ちあがった。

「うまい酒を馳走になった。礼を言うぞ、久蔵殿」

「うちの子達を助けてくれて、本当にありがとうございました。また女房と一緒に、改めてお礼に伺いますよ」

「なんの。俺は姫様の命令で手を貸しただけだ。とは言え、おぬしとはいい友になれる気がする。また会えるのを楽しみにしている。次は碁《ご》でもやりながら、のんびり語らいたい」

「いいですね。ぜひやりましょう」

「うむ。では、俺はこれで」

きびすを返しかけた白王だったが、ふと久蔵に顔を向けた。

「そうだ。余計なお世話かもしれないが、双子達にはきちんと話してやったほうがよいと思うぞ。あのおまきという娘とおぬしには、血のつながりはないということをな」

意味ありげにちらりと目を動かしたあと、白王はさっと姿を消した。

白王が一瞥《いちべつ》したほうを見て、久蔵は苦笑いした。部屋の障子戸にわずかな隙間ができており、そこから天音と銀音がこちらをのぞきこんでいたのだ。

「もう起きちゃったのかい？　ゆっくり寝ていればよかったのに」

久蔵が声をかけたところ、双子は転がるように部屋に入ってきて、久蔵に飛びついた。

「ほ、ほんと？」

「ねえ、ほんとなの、父様？」

「おまきちゃんは、父様の娘じゃないの？」

「じゃあ、なんで？　なぜ、おまきちゃんはおとっつぁんなんて呼んだの？」

まくしたてる娘達を両腕で抱えこみ、久蔵は言った。

「どうやらちゃんと話すまで、おまえ達は寝てくれないようだね。わかったわかった。じゃあ、話すよ。ちょっと怖いところもある話だが、大丈夫かい？」

「平気！」

「だから、話して！　お願い！」

「このままじゃ気になって眠れない！　お願い、父様！」

口々に言う双子に、久蔵はうなずき、まずはおまきの母、お八重について話しだした。

売れっ子の芸者であったお八重には、言い寄る男がたくさんいた。

中でもとりわけ熱心だったのが、吉太郎《きちたろう》という板前だった。

お八重も、苦み走った色男の吉太郎のことが気に入ったらしい。二人がくっついたと聞いた時は、久蔵も含めて、多くの男達が悔し涙を流しながらもあきらめた。

やがて、お八重は姿を消した。誰もその行方を知らなかったが、気にする者はいなかった。

吉太郎と所帯を持つために、引っ越していったに違いない。

そう思ったからだ。

久蔵もいつしかお八重のことを忘れていった。

だが……。

ある日、久蔵はみすぼらしい女の物乞いを見かけた。道端にうずくまり、体は痩《や》せているのに腹だけが妙に膨れている。身ごもっているのだと、一目でわかった。

哀れに思い、久蔵はいくばくか恵んでやろうと、女に近づいた。

久蔵の足音に気づき、女が顔をあげた。

目と目が合い、お互いに「あっ！」と声をあげていた。

女は、別人のようにやつれたお八重だったのだ。

思ってもみなかった再会に驚きながらも、久蔵は急いでお八重を自分の家に招き入れた。

お八重はわんわん泣きながら、こうなった訳を話した。

原因は、夫の吉太郎だった。

いざ一緒になってみたところ、吉太郎はとんでもない男だったのだ。

とにかく、お八重のすべてを支配していたい。そうでなくては気がすまない。

吉太郎はそういう男だった。

異様なほど嫉妬深く、お八重が他の男と挨拶しただけで、怒り狂って殴りつけてくる吉太郎のことが、お八重は怖くてたまらなくなった。

このまま子供が生まれたらどうなるだろう？　吉太郎は子供ができたことを喜ぶ様子がないし、もしかしたら生まれてきた子を捨ててしまうかもしれない。

そう思うと、いてもたってもいられず、お八重は着の身着のまま逃げだした。

だが、芸者に戻ることも、知り合いを頼ることもできなかった。そんなことをしたら、すぐに吉太郎に見つかってしまう。

あの男はどこまでも執念深く追ってくるだろうと、お八重にはわかっていた。だから、物乞いにまで身を落とし、あちこち逃げ隠れする日々を続けてきたという。

そこまで聞いたら、久蔵としては放っておくことなどとてもできなかった。少なくとも、お八重が無事に子を産めるようにしなくては。

かつて惚れこんでいた女ということもあり、久蔵はお八重に「自分に力にならせてほしい」と言った。お八重は最初は申し訳ないからと言っていたが、久蔵の熱意にほだされ、ついに全てをまかせると承知した。

久蔵はただちに動いた。多くの家や長屋を持つ大家、父の辰衛門《たつえもん》のつてを頼り、お八重を知っている者がいなそうな界隈に空き家を借り、お八重を住まわせることにした。そして、自分も一緒についていった。

吉太郎が血眼になって捜しているのは、「身重の女」だ。だが、「若夫婦」を装えば、その分、見つかりにくくなるだろう。

そうして、新しい暮らしが始まった。久蔵にとって、それはふわふわとした優しさに満ちたものだった。

お八重の作る飯はとてもうまくて、箸《はし》がとまらなかった。

お八重が腹の子に子守唄を歌ってやるところを、そばで聞くのも楽しかった。

なにより、やつれて怯えきっていたお八重が、次第に健康を取り戻し、前のように笑うようになったことが嬉しかった。

ずっとこのままだったらいいのに。

久蔵は思わずにはいられなかった。口には出さなかったが、お八重も同じように思っていると感じていた。

そのまま時が過ぎていたら、二人は自然と本物の夫婦になっていたことだろう。

だが、一緒に暮らし始めて二月後、お八重の腹がいよいよ膨らんできた頃、その幸せは砕けた。

その時、久蔵はたまたま外に出ていて留守だった。そして、戻ってきて、ぎょっとした。

家の奥の隅で、お八重ががたがた震えていたのである。

その真っ白なこわばった顔を見るなり、久蔵は全てを悟った。

吉太郎がここに来たのだ。

慌てて駆けより、お八重を抱きおこした。

「大丈夫かい？　け、怪我は？」

「あ、あ、あああ……」

顔を真っ青にしながらも、お八重はすがりついてきた。声も出ないほど動揺しているお八重を必死になだめ、久蔵はなんとか話を聞き出した。

久蔵が家を出たのと入れ違うようにして、吉太郎が家に飛びこんできたという。最初は涙を流し、自分のふるまいを後悔していると、謝ってきた吉太郎だったが、お八重はもちろんほだされなかった。

心はとうに吉太郎から離れていた。何があっても、二度と戻るつもりはないと、きっぱりはねつけた。

お八重が本気だと知るなり、吉太郎は態度を豹変させた。目を白く光らせ、うっすらと不気味に笑ったという。

「別の男を好きになったんだな？　そうなんだろ？　……いいとも。それなら、そいつがいる時にまた来るぜ。三人で話をしよう。楽しみに待ってろよ、お八重」

そう言って、意外なほどあっけなく出ていったという。

だが、そのふるまいに、逆にお八重は震えあがった。

久蔵にしがみつきながら、お八重はささやいた。

「あ、あの人、久蔵さんとあたしを殺す気よ。そ、そういう目をしてた！　本気の目だった！」

「……そうか。お八重さんが言うなら、そうなんだろうね。……大丈夫だよ。俺の友達には腕っぷしの強いやつが何人かいる。貸した金をちゃらにしてやると言えば、しばらく用心棒になってくれるだろう。そいつらを呼び集めてくるから、少し待っててくれるかい？一人で残るのが怖ければ、向かいのおばさんのところで……」

「いえ」

ふいに、きっぱりとお八重は首を振った。

「いいえ、待ってる。ここで待ってるから、行ってきて。気をつけてね」

「ああ。すぐだよ。すぐに戻るから、しっかり戸締まりしてておくれ」

「うん。……久蔵さん、色々ありがとう」

「水くさいことを言わないでおくれよ。これからなんだ。子供が生まれる前に、片を付けちまおうじゃないか」

そうだ。こうなったのは、むしろ好都合だ。吉太郎がやってきたら、仲間達に叩きのめしてもらって、二度と近づくなと言ってやろう。吉太郎のようなろくでなしは、簀巻《すま》きにして川に放りこんでやってもいいくらいだ。

そうしてきっちり縁が切れ、お八重の憂《うれ》いが晴れたら、その時こそ、ずっと胸に温めてきた言葉をお八重に告げるとしよう。

決意を固め、久蔵は慌ただしく飛びだしていった。だが、仲間を連れて家に戻った時、お八重の姿はどこにもなかった。

吉太郎にさらわれたのかと、久蔵は青くなったが、家の中に荒らされた様子はなく、書き置きが畳の上にひっそりと置かれていた。そこにはただひと言、「お世話になりました」と、お八重の字で書かれていた。

自分さえいなくなれば、これ以上久蔵に迷惑はかからないだろう。

お八重はそう思ってここを去っていったに違いない。

「ば、馬鹿！　お八重さんの馬鹿！　こんな……俺は迷惑だなんて思っちゃいないのに！」

頼むから戻ってきてくれと、久蔵は祈るような気持ちで待ち続けたが、願いは叶わなかった。お八重は完全に行方をくらましてしまったのだ。

そして、不思議なことに、すぐに乗りこんでくると思っていた吉太郎も、それからいっこうに姿を現さなかったのだ。

だが、そちらの謎は数日後に解けた。遊び仲間の一人が、久蔵に教えてくれたのだ。

「なあ、久さん。あんた達をつけ回してるしつこい野郎って、右腕に鯉《こい》の入れ墨をしてるって言ってたよな？　それが目印だって」

「言ったけど、それがどうしたっていうんだい？」

「……そいつ、今日、大川から引き上げられたぜ」

「えっ！」

絶句する久蔵に、仲間はさらに詳しく話してくれた。

「間違いねえよ。念のため、ちゃんとあちこちで話を聞きこんだんだ。そいつな、一昨日の夕方、急ぎ足で歩いてて、相撲《すもう》取りにぶつかったらしい。自分が悪かったくせに、よほど虫の居所が悪かったのか、大声でののしったもんだから、相撲取りのほうも怒ってよ。ぶんと、張り手を食らわせて、六間《けん》あまりも吹っ飛ばしたそうだ」

しばらく吉太郎は気絶していたが、やがて起きあがり、また歩きだした。だが、受けた打撃は大きかったようだ。橋の上までやってきたところで、ぐらりと体がかたむき、そのまま川へと落ちていったのだという。

「なんてこった……」

久蔵は悔しくて額をごつごつと拳で打った。

吉太郎が死んだ。これでもう、お八重や久蔵が吉太郎に狙われる心配はない。だが、肝心のお八重はいない。なんという間の悪さだ。今この時、お八重の居場所がわかったら。すぐにも飛んでいって、「もう大丈夫だよ！　だから、俺の女房になってくれ！　一緒に生まれてくる子を育てよう！」と叫ぶのに。

だが、久蔵がどんなに手を尽くしても、ようとしてお八重の行方は知れなかった。

久蔵はついにお八重のことをあきらめることにした。

もうお八重が戻ってくることはないだろう。自分の手で幸せにしたかったが、今となってはそれも叶うまい。

それでも、一つだけ、願いつづけたことがあった。

お八重が今どこで何をしているにせよ、どうか子供と二人、幸せに暮らしていてほしい、と……。


そこまで話し終え、久蔵は息をのんで聞き入っていた娘達に微笑《ほほえ》みかけた。

「というわけなのさ。おまきちゃんが俺の子じゃないってこと、これでわかってもらえたかい？」

「う、うん」

「わかったけど……でも、なんで？　なんで、おまきちゃんは父様を……」

「きっと、お八重さんがそう教えたんだよ。本当の父親のことを教えたくなくて、嘘を言ったんだろうね」

お八重の気持ちが、久蔵には痛いほどわかった。女房を殴るようなろくでなしが父親だと、どうして我が子に伝えられようか。だから、久蔵が父親だと、おまきにはそう教えたに違いない。

それがわかったからこそ、最初に出会った時、久蔵はおまきのことを突き放せなかった。

「俺は父親じゃない」とは言えなかったのだ。

「だが、俺が間違ってたよ。そのせいで、おまえ達にはつらい思いをさせちまったね。……こんなことになるくらいなら、最初からおまきちゃんに本当のことを言えばよかった。……一緒にいた白王さんが、双子が危ないって、いきなり叫んで、あの家に飛びこんでいった時は、冗談抜きで、心ノ臓が止まるかと思ったよ」

「そう言えば、どうして父様は白王さんと一緒にいたの？」

「おまきちゃんの居所が全然つかめなかったからね。これじゃ埒があかないと、朔ノ宮様を頼ることにしたんだよ。そうしたら、ちょうど体が空いてるからと、白王さんが手助けを申し出てくれてね。で、おまきちゃんの匂いをたどってもらって、あの家にまでたどり着いた。そう言うおまえ達は？　どうしてあそこにいたんだい？」

聞き返され、双子はもじもじしながら答えた。

「あの、あたし達、父様を捜していたの」

「そうしたら、おまきちゃんが現れて……」

「逃げていったから、思わず追いかけたの」

「で、おまきちゃんがあの家に入っていくのが見えて……」

「……そうかい」

久蔵は怒りがこみあげてきた。

おまきは自分を餌にして、双子をまんまとおびきよせたのだ。おそらく、最初から二人を殺すつもりだったに違いない。つくづく憎たらしい。お八重の娘とは言え、許せない。

怒りに震えている久蔵に、双子はそっと問いかけた。

「父様。おまきちゃんはどうなったの?」

「白王さんに捕まったの?」

あの子は死んだ。

そう言いそうになるのを、久蔵はすんでのところで堪えた。

どうやら双子は、おまきの最期を知らないらしい。白王がその話をしていた時はまだ寝ていたようだ。娘達を傷つけないために、久蔵は嘘をつくことにした。

「あの子のことなら、もう心配いらないよ。白王さんが術をかけて、記憶を封じてね。その上で、子供をほしがっている家に連れて行ったんだ。今頃、その家の子として、大切にされて、にこにこ笑っているはずだよ」

「ほんと?」

「もちろんさ。だから、もうあの子のことは気にしなくていい。……あの子がどこかで幸せにやっている。それだけ知っていればいいよ」

久蔵の言葉に、双子は納得したようにうなずいた。

そのことにほっとしながら、久蔵は双子をふたたび布団《ふとん》のもとへと運んだ。

「さ、もうお眠り。明日になったら母様を迎えに行くよ。何があったか、今度こそちゃんと話すつもりだ。……母様の気持ちがやわらぐよう、おまえ達、父様の助太刀をしておくれよ?」

「まかせて、父様」

「明日は母様と一緒にここに帰ってこようね」

「ああ、そうしよう。それじゃ早くお休み。なんなら子守唄を歌ってあげようか?」

「ううん、それはいらない」

「父様の子守唄、猪の鳴き声みたいなんだもの」

「ひ、ひどいじゃないか」

「ふふふ」

「ふふふ。ねえ、父様……」

「なんだい、銀音?」

「あたしね、父様のこと大好きよ」

「あ、ずるい、銀音! あたしが先に言おうと思ったのに! 父様、あたしもよ。あたしも父様のこと大好きだから」

不覚にも、久蔵は涙がこぼれそうになった。あまりに幸せで、愛しくて。胸で暴れていたおまきへの怒りも、すうっと薄れていくのを感じた。

だから、心の中で、今は亡きお八重に呼びかけた。

「お八重さん。正直、おまきちゃんのことは嫌いだよ。うちの子達を殺そうとしたことは、絶対に許せないからね。だけどね……あの子がこれ以上迷わないよう、お八重さんに導いてやってほしいと思うよ」

迎えに行ってやってくれ。

見つけてやってくれ。

祈りながら、久蔵は部屋の行灯《あんどん》の火をふっと吹き消した。

おまきははっとして周りを見た。

真っ暗だった。夜とは違う重たい闇に、すっぽりと包まれ、囲まれてしまっている。さっきまで、目の前には犬の顔をした化け物がいたはずなのに。足元にうずくまっていた役立たずも、見当たらない。

「何よ。ここ、どこよ?」

どうして自分がここにいるのか、憎たらしいやつらがどこに行ったのか、いくら思いだそうとしてもだめだった。

「誰かいないの? おっかさん! おっかさんってば!」

喉が痛くなるまで叫んでみたが、化け物の母がやってくることはなかった。

「ちぇっ! ほんと役に立たない。あのおじさんのとこに行かなきゃ。もっと力のある妖怪と取り替えてもらわなくちゃ」

だが、どうしたらこの闇を抜け出せるだろう? ここではおまきはたった一人だった。守ってくれる人もいなければ、怒りをぶつけられる相手もいない。

じわじわと心細さが体中にしみこんできた。

その時だ。

遠くの方で光が見えた。

柔らかな光に浮かびあがっていたのは、おまきの化け物だった。

母親を失い、途方に暮れていた時に、見知らぬおじさんが「おまえがこれから生きていくのに役立つよ」と、与えてくれた化け物。母親として扱えば、いくらでも望みを叶えてくれると教えられ、恐れと嫌悪を我慢して「おっかさん」と呼んだ。

すると、おじさんが言ったとおりになった。化け物はおまきを娘だと思いこみ、おまきの言いなりになったのである。

おまきは化け物をいいようにこき使った。

化け物が嘆こうがぼろぼろになろうが、知ったことではない。これは道具だ。役に立つ道具にすぎないのだから。

ずっとそう思っていた。

だが今、光の中に浮かぶ化け物は、とてもきれいに見えた。ふっくらと肥え、まとう衣は雪のように白い。ずっとしていた目隠しも取れており、優しげな目があらわとなっている。

おまきは戸惑いながらも、化け物に近づこうとした。足を進めながら、「おっかさん」と何度も呼んだ。

だが、化け物はこちらを見ようともしない。

どうしてなんだと苛立った時、おまきははっとした。化け物の腕の中に、一人の女の子が飛びこんでいくのが見えたのだ。

その子は心底嬉しそうに笑っていた。化け物も泣きながら、ぎゅっと女の子を抱きしめていた。二人の姿はまさに親子にしか見えなかった。幸せな母と子の姿だ。

やがてしっかりと手を取り合いながら、二人は光のさらに奥へと向かいだした。二人の後ろ姿が遠ざかっていくことに、おまきはぞっとして、慌ててあとを追おうとした。

いやだ。置き去りにされたくない。一緒に連れてって！　お願い！　一生のお願いだから！

声を限りに叫んだが、二人は遠ざかる一方だ。光すらも薄れていき、ついにはまた何も見えなくなってしまった。

暗闇にふたたび取り残され、おまきは泣きだした。

見失った。怖い。助けて。助けて。一人はいや。

「おっかさん！」

化け物ではなく、本当の母を呼んだ。

そのとたん、母の死が強烈に胸に蘇《よみがえ》ってきた。

助けに来てくれるわけがない。おっかさんは死んでしまったんだもの。あたしのせいだ。あたしが悪い子で、お金を盗んでしまったから。どうしてもおとっつぁんに会いたいって、家出したから。あんなことしなけりゃ、おっかさんはまだ生きてた。川に落ちたりなんかしなかった。ああ、ごめんなさい。ごめんなさい！

「ごめんなさい！　おっかさん、あ、あたしが悪かったよぉ！」

「ようやく認めたね、おまき」

あきれたような声音がふってきたものだから、おまきはぎゃっと飛びあがった。

見れば、すぐ目の前に母親が立っていた。死んだはずの母が、怖い顔をしてこちらを睨みつけているではないか。

「お、お、おっか、さん……」

「まったく。やっとこうして会えた。あんたが、自分のせいじゃないと強情を張るもんだから、あたしは夢枕にも立てなかったんだよ。……欲が深いと、よくないことが起きるって、いつも教えていたのに。しかたない子だね、おまき。こうなったのも、全部おまえが招いたことだと、わかっているね？」

叱りつけられ、おまきは言葉もなくうなだれた。

母親に会えて嬉しいのに、胸が苦しくてたまらなかった。抱きつきたかったが、そんなことはできない。自分のせいで母親は死んだのだ。いまさら許してくれるはずがない。

だが、母親がおまきのあごをそっと持ちあげてきた。

おまきは目をぱちぱちさせた。

母親は微笑みを浮かべていたのだ。

「そんなあんたでも、あたしの大事な子だよ。こうして迎えに来ることができて、どんなに嬉しいか。……久蔵さんに感謝しなくちゃね。あの人が祈ってくれなかったら、あんたはこのまま闇に堕ちてただろうから」

「おとっつぁんが？」

「……あの人のことは今度ゆっくり話すよ。ほら、おっかさんと一緒に行こう。道はおっかさんが知ってるから」

「お、おっかさん、怒って、ない、の？」

「もちろん色々怒っているよ。けど、憎んではいないよ。さっきも言ったけど、あんたはあたしの大事な娘なんだ。……これまでも、これからも、ずっと大好きだよ」

この言葉に、おまきの心のよどみは押し流された。

赤ん坊のように泣きじゃくりながら、おまきは母に飛びついた。母親は力強くそれを受けとめてくれた。

二人の前にはいつの間にか光が現れていた。

四

「むっ……もう朝か」

夜明けの気配を感じとり、烏天狗《からすてんぐ》の飛黒《ひぐろ》は読んでいた書物を机に置いた。

多くのあやかしにとって、朝は眠りにつく時刻だ。飛黒も眠気を覚え、布団《ふとん》を敷いて休むことにした。いつ妖怪奉行所から呼びだされるかもわからないことだし、眠れる間に眠っておいたほうがいいだろう。

だが、とろとろとまどろみだした時、秘やかな気配を感じた。誰かが音もなく部屋に入ってきて、これまた静かに布団に滑りこんできたのだ。

目を開けることなく、飛黒は小さく声をかけた。

「ずいぶん早く戻ったのだな」

「あら、起こしてしまいましたか。申し訳ございません」

謝ってきたのは、飛黒の妻、萩乃だ。ここ数日、華蛇《かだ》屋敷で寝泊まりしていた萩乃が、こうして帰ってきたということは……。

「初音様はお帰りになったのか？」

「はい。つい先ほどあの男が迎えに来て、あれやこれや言い訳と謝罪を並べ立てましたの。最初はつんつんしておられた姫様も、結局はほだされてしまわれた。まあ、天音様と銀音様のためには、これでようございましたよ」

穏やかな口調で言う萩乃に、飛黒は恐る恐る尋ねた。

「その様子からして、うむ、そなたは引き止めなかったようだな？」

「ええ」

「少し意外だ。断じて帰ってはなりませぬと、初音様に強く言うかと思ったぞ。あるいは、久蔵殿を追い返すかと思っていた」

「ほほほ。そのようなことをして、なんになりましょう」

萩乃は軽い笑い声を立てた。

「姫様は確かに腹を立てておいででした。なれど、本心では早く久蔵殿の元に帰りたいと思っておいででした。……ああいう時の女子《おなご》というものは、助言など必要としていないのでございます。ただただ愚痴《ぐち》を吐き、それを誰かに受けとめてもらいたいだけなのでございますよ」

だからこの数日、萩乃はひたすら初音の愚痴を聞き、「そのとおりだ！　姫様は正しい！　久蔵殿が悪い！」と言い続けたという。そうすることで、初音の心は癒《い》え、冷静になっていくとわかっていたからだ。

飛黒はそれを聞いて小さく笑った。

「なるほど。女心とやらを、わしもまだまだ学ばねばならぬな。……ご苦労であったな、萩乃。そなたが帰ってきてくれて、嬉しいぞ」

「ふふふ。わたくしがいない間、寂しゅうございました？」

「とても寂しかったぞ」

「ふふふ。飛黒殿はもう十分に女心をつかんでおいでですわね。わたくしをこれほど喜ばせてくださる殿方は、他にはおりませんもの。……わたくしが留守の間、何か変わったことは？　右京《うきょう》と左京《さきょう》はどうしておりました？」

「二人とも元気であったぞ。左京は風来《ふうらい》の術を覚えた」

「まあ、それはすばらしいこと！」

「右京は右京で、迷子の子妖《こよう》を見つけて、親元に届けてやったそうだ。二人とも、このところ翼の力がいっそう強くなってきたようだ」

「それはそれは。わたくしの血を引いているゆえ、他の烏天狗に比べて翼の力が弱いことが、ずっと気がかりでしたが……」

「それについては心配いらぬと、前から言っていただろう？　時はかかるかもしれないが、必ず二人は強くなると」

「ええ。あなたの言うとおりでしたわね。それから？　他には何かありまして？」

時が過ぎていくのも忘れて、夫婦は語らい合った。それは豊かで温かなひとときであった。

五

千吉はご機嫌だった。

久蔵の隠し子騒動が一件落着したおかげで、自分達の小屋に入り浸っていた久蔵が母屋《おもや》に戻った。これでまた兄と二人きりだ。夜は妖怪達が子供を預けに来るだろうが、昼間のうちは誰にも邪魔されることなく、兄と楽しく過ごせるだろう。

考えるだけで、鼻歌がこぼれてしまう。

そんな千吉に、弥助は笑いながら声をかけた。

「おう、ご機嫌だな、千吉」

「うん！　これで久蔵さんの泣き言を聞かなくてすむと思うと、嬉しくって」

「ははは、確かにな。土間で寝かせても、あいつの寝言はうるさかったもんな。初音ぇ、帰ってきておくれよぉ。俺のお姫さん達よぉ。……あんなのばっかり聞かされて、冬なのに暑苦しかったな」

「俺が許せなかったのは、寝ぼけて弥助にいに抱きついたことだよ」

「あれは俺も気持ち悪かった。思わず殴り飛ばしちまったもの。おっと、鍋が煮詰まりそうだ。悪いけど、千吉、水を汲んできてくれよ」

「わかった」

千吉は二つ返事で引き受け、大急ぎで外に行こうと、小屋の戸を開けた。が、そこで「げっ！」と声をもらしてしまった。

小屋の前に、妖怪奉行にして妖術の師である朔ノ宮が立っていたのだ。

面食らっている千吉に、朔ノ宮は口を尖らせた。

「げっ、とはなんだ。師に対して、あまりに失礼ではないか」

その言葉に、千吉は我に返り、深々と朔ノ宮に頭を下げた。そして、いつになく熱のこもったていねいな口調で言った。

「お師匠様。よく来てくださいました。今日はなんのご用でしょうか？　こんな昼間からいらっしゃるなんて、思ってもいませんでした」

好色なあやかし黒守が、こともあろうに弥助に子供を産ませるつもりであった。それを、朔ノ宮がたしなめて、断念させてくれたという。

そのことを聞かされてからというもの、千吉は朔ノ宮に深く感謝していたのだ。

そして、そんな千吉の気持ちは、あますことなく匂いとなってあふれでている。朔ノ宮は吹き出した。

「ぶぶっ！　そなたは本当にわかりやすい子だな、千吉。兄が黒守の子を産まずにすんだことがそんなに嬉しいか？」

「もちろんです！　お師匠様に心から感謝しています！」

「そうかそうか。……なら、その気持ちを形で返してくれるか？」

「何をお望みですか？」

朔ノ宮が望むなら、土下座して足を舐めてもかまわない。

本気で思う千吉に、朔ノ宮はぞっとしたように後ずさりをした。

「いや、足は舐めてくれなくてよい。むしろ、やめてほしい。今日はな、そなたの兄を少し借りたいのだ」

「えっ？」

さすがに驚き、千吉がどうしてだと聞き返そうとした時だ。

小屋から弥助が顔を出した。

「おい、どうした？　誰かいる……え？　さ、朔ノ宮？」

「おお、ちょうどよく出てきてくれたな、弥助。手間が省けてよかった。さ、私と一緒に行こう」

「え、行くって、え、どこへ？」

「ちょ、ちょっと待ってください、師匠！　いったい、どこに弥助にいを連れて行くつもりですか！　それに、なんでです？」

気色《けしき》ばんで詰めよる千吉の動きを、朔ノ宮は指一本で封じてしまった。

「やかましくわめくな、千吉。さっきまでのしおらしさはどうした？　だいたい、師匠である私をそんなふうに警戒するものではないぞ。私はな、ただ少しゆっくりと弥助と話をしたいのだ」

「だったら、俺も一緒に行きます！」

「それはならぬ」

「なんで！」

にやっと、朔ノ宮が意地悪げに笑った。

「知れたこと。こう見えて、私も年頃の女。若く好もしい男子《おのこ》と二人きりになりたいと思うのは、当たり前だろう？」

「ふ、二人きり？」

「そうとも。つまり、そなたは邪魔者。しばしの間、おとなしく留守番しているがいい。

さあ、そういうわけで、一緒においで、弥助」

朔ノ宮はくいっと軽く千吉を押しやり、同時に弥助に手招きした。

とたん、千吉は見えない力で小屋へと放りこまれ、一方の弥助はぐいっと引っぱられ、朔ノ宮の腕の中におさまったのだ。

千吉が慌てて小屋からもう一度飛びだした時には、朔ノ宮と弥助の姿は消えていた。

「ち、ちくしょう！　せっかく見直していたのに！　なんて師匠だ！　弥助にいになんかしたら、もう絶対に絶対に許さないからなあぁぁぁ！」

千吉は天に向けて絶叫した。そして、がらっと母屋の戸を開けて顔を出した久蔵に、「真っ昼間からうるさいよ」と、干し柿を投げつけられたのである。


さて、朔ノ宮の腕に抱きこまれた弥助は、瞬《まばた》きする間もなく、小さな茶室へと運ばれた。そこでは火鉢に置かれた鉄瓶《てつびん》がよい音と湯気を立てており、分厚い座布団《ざぶとん》、かわいらしい梅の形をした干菓子が用意されていた。

だが、茶室に着いたあとも、朔ノ宮はなかなか弥助を離してくれなかった。ふんふんと、耳の後ろを嗅がれ、弥助は首をすくめた。

「あの、朔ノ宮……」

「ん？　ああ、すまぬ。そなたは好もしい匂いがするから、ついつい……嚙んだら、はたしてどんな味がするのだろうな」

「ひえっ！」

「ははは！　冗談だ冗談」

笑いながら、朔ノ宮はようやく弥助を解放し、座布団に座るように言った。弥助は言われたとおりにしながら、茶を点《た》て始めた朔ノ宮に文句を言った。

「朔ノ宮、いくらなんでも冗談がすぎるよ。あんな連れ去り方をしなくたってよかったじゃないか」

「なに。千吉にちょっと仕返しをしたまでだ。あの子のせいで、私は東の狐《きつね》とやりあう羽目になったからな」

「月夜公と？」

「そうだ。その礼をまだしていなかったからな。ふふふ。今頃、千吉は私達のことをあれこれ考えて、やきもきしていることだろう。ふふふ」

「大人げない……」

「言っておくが、仕返しはあくまでおまけだ。……そなたと二人きりで話がしたかった」

茶碗を弥助に差しだしながら、朔ノ宮はちらりと弥助を見た。

「双子《ふたご》の家のごたごたが片付いたことは、もう聞いているか?」

「久蔵の隠し子の件なら、聞いたよ。久蔵の子じゃなかったそうだね。実家に帰っていた初音さんも、今朝戻ったたって」

「うむ。だが、それは子供向けの話でな。実際はもう少し根が深い話なのだ。……そなたには真実を知っておいてもらいたい。そなたにはな」

びりっと、弥助の顔がひきつった。つまりそれは、千吉には聞かせられない話だということだ。

大きく息を吸ってから、弥助は「聞くよ」と言った。

朔ノ宮は自分のための茶を点てながら、おまきが命を落としたことを静かに打ち明けた。

「おまきが……死んだ……」

「そうだ。だが、このことは子供らには秘密だ。おまきは記憶を失い、今は優しい養い親の元で幸せに暮らしている。そういうことにしておいてほしい」

「わかった」

弥助は即座にうなずいた。子供らを傷つけないための嘘とあれば、喜んでそれに付き合うまでだ。

「話はそれだけかい?」

「いや、ここからが本題だ。……弥助、おまきはあやかしを操っていた」

「え？」

「そのあやかしは子を奪われていてな、おまきのことを、奪われた我が子だと思いこまされていた。おまきの願いはなんでも叶えなくてはならないと、暗示をかけられていた。……誰かがそういう術を施したのだ」

そして、与えられたあやかしを使って、おまきはほしいものを手に入れていた。そのことを悪びれもしていなかったらしい。悪い妖怪を捕まえて、心を入れ替えさせて、人間の役に立つようにできる人がいると、最後にそう言っていたという。

「人間の、役に……」

「じつは、おまきだけではない。我らも最近になって知ったのだが、ここ数十年の間に、人界で姿を消したあやかしが、かなりいる。彼らが記憶と心を縛られ、人間の道具にされて働かされているとしたら、これは由々しきことだ」

弥助はぎゅっと拳《こぶし》を握った。

妖怪達の持つ力は、人間にはないものだ。それが手に入れば、それまでできなかった多くのことができるようになるだろう。人間の欲深さが妖怪達を捕まえ、苦しめているかと思うと、弥助ははらわたが煮え繰りかえる思いだった。

「いったい、どこのどいつがそんなことを……」

「まだ黒幕はわからぬ。巧妙に姿を隠し、尻尾をつかませないのだ。ごていねいに、妖怪を与えた相手にも呪いをかけていくという念の入りようでな。おまきが命を落としたのも、その術者のことを話そうとしたせいだ」

「………」

「今回利用されたのは、つつりという名のあやかしだ。年を経た布団があやかしとなったもので、その出生ゆえに人界に暮らしていた。……人界に生き、人の暮らしに寄り添いたがるあやかしは多い。そうしたあやかしを狙う輩《やから》がいると知っては、我らも黙っているわけにはいかない」

「黒幕を捕まえるつもりなんだね？」

「当然だ。つつりは人に悪さをすることなく、穏やかに暮らしているあやかしだった。にもかかわらず、突然全てを奪われた。そのような悪行を、西《にし》の天宮《てんぐう》は許すつもりはない。必ず捕まえ、根絶する。だが、それぞれの用心も必要だ。そなたも気をつけてほしい。そなたの元にはあやかし達が多く出入りしている。なにより……千吉がいる」

どきっと、弥助の心ノ臓が大きく跳ねた。口の中がからからになり、喉の奥をふさがれる気がした。

弥助はしわがれた声でささやいた。

「千吉が妖怪だと、他の人間に知られることは？」

「いまのところは大丈夫だろう。あの子は妖気をかけらも出していないから。だが、もしあやかしとして目覚めることがあったら、正体を知られてしまったら、間違いなく狙われるだろう。あの子の気は目立つはずだ。暗闇の中に輝く松明《たいまつ》のごとくな」

「……俺は、どうしたらいい？」

「今までどおりに暮らし、それでいて周囲に気をくばってほしい。やたらと親しげに近づいてこようとする者、自分達の暮らしを嗅ぎまわるような者がいたら、すぐに私に知らせてくれ。ほんのわずかなことでもかまわない。多くは取り越し苦労に終わるだろうが、もしかしたら黒幕につながることもあるかもしれないから」

わかったとうなずき、弥助は茶碗に手を伸ばした。ふんわりと泡立てられた茶は、口当たりがよく、だが、ひどく苦かった。

「ぐっ……」

「おや、口に合わなかったか？　すまぬな。私はこのくらいの苦みが好きなのだ。そうすると、茶菓子がいっそう甘く感じられるからな」

「……朔ノ宮」

弥助は思いつめた目で朔ノ宮を見つめた。

「人と妖怪は一緒にいるべきじゃないって、思うかい？」

「そんなことは微塵《みじん》も思わない」

朔ノ宮はきっぱりと言い切った。

「あやかしは人のために存在するわけではない。人の欲のためにあやかしを利用することなど、決して許せぬことだ。だが、双方が自らの意志でお互いを求め、支え合うなら、それは尊きことだ。……種族が違おうとも、人とあやかしは心を交わし、友や家族になることができると、私は信じている。いや、知っていると言うべきだな。その証である者が、私の目の前にいるのだから」

そう言って、星空のようにきらめく目で、朔ノ宮は弥助を見た。

「そなたの養い親がそなたに注いだ慈《いつく》しみは、このうえなく尊かったはず。違うか、弥助？」

「千にい……」

弥助は千弥のことを思い、胸がぎゅっとなった。

妖怪でありながら、弥助を守り育ててくれた千弥。弥助のために全てを捧げ、今は千吉となって弥助のそばにいてくれている。千弥がいなかった人生、千吉がいない人生など、弥助には思い浮かべることもできなかった。

「そうだね。そのとおりだ。……わかった。じゃ、十分用心するよ。うちに出入りする妖怪達にも、気をつけろって伝えてもいいかい？」

「もちろんだ。西の天宮からも触れを出すつもりだ。あやかしに術をかけて、人間の操り人形にしている存在がいるとな。みながそれぞれ用心すれば、そのぶん、我ら西の天宮も動きやすくなる。……知らないというのは一番だめなのだ」

「そのとおりだね。……絶対に黒幕を捕まえてくれよ？」

「言われるまでもない。約束だ、弥助。必ず捕らえ、報いを受けさせ、皆が安心して暮らせるようにしてみせる」

朔ノ宮の約束に、弥助は一気に勇気づけられた。体に安堵が広がり、緊張がほどけていく。

人心地がついた弥助は、茶菓子を口に運んだ。ほろりと舌の上で解けていく干菓子は、とろけるように甘かった。

「ほんとだ。苦いのを飲んだあとだから、すごくうまい」

「そうだろう？　この菓子はぽんの手作りで、私のお気に入りの一つなのだ」

「へえ、やるなあ、ぽんちゃん。今度、作り方を教えてもらいたいな」

「ぽんにそう言えばいい。喜んで教えてくれるだろう」

弥助に笑い返したあと、朔ノ宮はいたずらっぽく流し目をくれた。

「やはりそなたは好きだな、弥助。千吉という邪魔者さえいなければ、そなたを私の婿に迎えたかったぞ」

「……申し訳ないけど、俺のことはあきらめてください」

「うむ。わかっている。そうだ。この干菓子、気に入ったのなら包んでやろう。持って帰って、千吉にも食べさせておやり」

「ありがと。そうさせてもらうよ」

「では、そろそろ家に送ろう。千吉が西の天宮に殴りこみをかけてくる前に、そなたを帰さねば」

「まあ、千吉ならやりかねないな」

そうして、土産の菓子をどっさり持たされ、弥助は小屋に戻ったのだ。

もちろん、小屋では千吉が待ちかまえていた。

「お帰り！　大丈夫だった？　変なことされなかった？　噛まれてない、弥助にい？　あ、いったい、何を言われたの？」

弥助に飛びつき、根掘り葉掘り何があったかを知りたがる弟を、弥助は思わず抱きしめた。色々な思いがこみあげてきて、そうせずにはいられなかったのだ。

「や、弥助にい？　やっぱり師匠になんかされたのかい！」

「……違うよ。おまえと違って、俺はそんなにもてやしないから、安心しろって」

「そう思ってるのは弥助にいだけだよ。みんなが弥助にいのことを狙ってんだから、もっと用心しないと」

「うん。用心しろと、朔ノ宮にも言われたよ」

「え？」

「いいか、千吉。よく聞いてくれ。どうもな、妖怪を狙っているやつらがいるらしいんだ」

弟を抱きしめたまま、弥助は朔ノ宮から教えられたことを話し始めた。

自分にできることなど、たかが知れている。そのことはよくわかっている。だからこそ、できることは全てやろう。このかけがえのない大切な子を、なんとしても守るために。

六

さて、困ったことになった。

兎《うさぎ》の女妖《じょよう》、玉雪は深くため息をついた。

つい先ほど、玉雪は弥助と千吉の小屋を訪ねたのだ。

玉雪にとって、弥助は弟のような存在であった。千吉のことも、かわいい甥っ子も同然に思っている。

だから弥助の子預かり屋の手伝いをするのが、玉雪にとっての生き甲斐だった。預かる子妖《こよう》がいない夜もあるが、それはそれでかまわない。弥助達とゆっくりおしゃべりするのも、とても楽しい一時だからだ。

だが、いつものようにいそいそとやってきた玉雪を、今夜の弥助は暗い顔つきで出迎えた。何かあったかと驚く玉雪に、弥助は言った。

しばらくここには来ないでほしいと。

玉雪は衝撃のあまり、崩れ倒れてしまった。弥助の気を悪くさせるようなことを、気づかないうちにしでかしてしまったのだろうか。

だが、ほろほろと涙をこぼす玉雪を、弥助は慌てて抱きおこしてきた。

「違う！　違うんだよ、玉雪さん！　ごめん！　いきなりでびっくりさせたよな！　違うんだ。玉雪さんはちっとも悪くない。ただ俺は、玉雪さんを守りたくて、だから、こんなことを言ったんだ」

「ま、守る？　あ、あたくしを？」

そうだと、弥助はうなずいた。

「人間の道具にするために、妖怪を狙っているやつらがいるらしいんだ。そういうやつらにとって、俺のところは絶好の狩り場になるはずだ。ただでさえ妖怪の出入りが多いから。……もし気づかれたら、一番に狙われるのは、たぶん玉雪さんだ。そうならないよう、しばらくここに近づかないほうがいいと思うんだよ」

「でも、あの、あのぅ……」

「わかってる。俺も寂しいよ。でも……俺は二度と、玉雪さんが傷つく姿を見たくないいんだよ」

せつなげな目を向けられて、玉雪は黙るしかなかった。

ずいぶん前になるが、弥助が危険にさらされたことがあった。その時、玉雪は弥助の楯《たて》となり、大怪我を負ったのだ。玉雪自身はなんの後悔もしていないのだが、そのことは弥助にとっていまだに心の傷となっているらしい。

うつむく玉雪の手を、弥助がそっと握ってきた。

「大丈夫だよ。西《にし》の天宮《てんぐう》の朔ノ宮が本腰を入れて、事件解決に動いてくれるそうだ。きっとすぐに下手人《げしゅにん》はとっ捕まるよ。そうなったら、また安心してここに来られる。その時まで、ちょっとの間我慢してほしいんだ」

「弥助さん……」

「頼むよ、玉雪さん。俺と千吉のために、どうかどうか我慢してくれ」

弥助の頼みであっても、玉雪はすぐにはうなずけなかった。

二人のそばにいたい。当分会えないなんて、心が悲鳴をあげてしまう。

と、千吉が前に進み出てきて、奇妙なことを聞いてきた。

「玉雪さん。ちょっと聞きたいんだけど、いいかい？」

「あ、あい。なんでしょう？」

「玉雪さんもさ、弥助にいと二人きりになりたいとか、そう思うことってある？」

「え？　ええ、まあ、そういうことは、あのぅ、あったらいいなと思うこともありますよ」

動揺していたこともあり、玉雪は素直に答えてしまった。

とたん、千吉はぴかりと目を光らせた。

「うん。じゃ、玉雪さんは出入り禁止」

「な、なんでですか！」

「弥助にいを狙ってるって、わかったから」

「えっ？　狙ってるって、どこをどうしたら、あ、あのぅ、そうなるんですか！」

目を丸くする玉雪の前で、弥助が苦笑いしながら千吉を押さえこんだ。

「いつもの思いこみだよ。気にしないで、玉雪さん。今日、ちょっと色々あったもんだから、ぴりぴりしてるんだよ」

「当たり前だよ！　師匠だって信用できないんだ！　玉雪さんだって、いつ弥助にいのことを好きになるか、わかったもんじゃない！」

「あのぅ、そもそも、あたくしは弥助さんのことが好きですよ？」

「ほら！　聞いただろ、弥助にい？　玉雪さんも弥助にいが好きなんだ！　用心しなきゃ、危ない！」

「こら、千吉。いい加減にしろ。玉雪さんに失礼すぎるだろ？　ごめん、玉雪さん！　千吉もこんな感じだし、落ちつくまで少しの間ここには来ないでくれ。あ、こら、千吉！　おまえ、わけがわからなくなってんな！　こら、暴れるなって！」

山をおりてきた猪のように暴れる千吉を、必死で取り押さえる弥助。

玉雪は手を貸すこともできず、その場を退散するしかなかった。

しかたなく住まいにしている山に帰ることにしたが、足取りは重かった。

弥助の、自分のことを案じているまなざしが頭から離れなかった。あんな目をさせてしまうなんて、なんとも心が痛む。そして、「大丈夫。自分なら心配いらない」と、胸を張って言えないことが悔しかった。

「あたくしは……弱い」

力をふりしぼって戦ったとしても、敵を追い払うことなどできはしないだろう。せいぜい、身を挺《てい》して、弥助達の楯になるくらいしかできない。

だが、そうなることを弥助は望んでいない。

今度また玉雪が怪我をしようものなら、二度と近づかないでくれと言ってくるだろう。玉雪を守るために、そう言うはずだ。あの子はそういう優しさを持っているから。

「強くなれたら……」

思わず口からこぼれたつぶやきに、別の声が重なった。

「強くなれたらなあ」

玉雪ははっとした。

自分と全く同じ願いを持つものが、すぐ近くにいる。

心惹かれ、玉雪は声がしたほうへと近づいてみることにした。

小さな池のほとりに、子供のあやかしがぽつんと立っていた。小さな火の玉を数粒、自分の周りに飛ばせており、物憂《ものう》げにそれを眺めている。

顔も体も丸っこい子だった。山吹色の水干《すいかん》にみずらに結った髪。頭には二本の角、尻には白い尾をはやしている。

よく知っている相手だったので、玉雪は前に進み出て、声をかけた。

「津弓様」

「あれ、玉雪？　こんばんは。久しぶりだねえ」

津弓はにこりと笑った。その無邪気な笑みに、玉雪はすぐには笑い返せなかった。

津弓は、妖怪奉行の月夜公の甥にして、月夜公に溺愛されて育てられている子だ。本当ならこんなところに一人でいるはずがないのだ。そんなことは叔父の月夜公が絶対に許すわけがないと、玉雪は知っていた。

「どうして、あのぅ、こんなところにお一人でいるんです？」

「うん。急いで屋敷を逃げだしてきたの。そうしないと、閉じこめられそうだったから」

「……今度は何をやらかしたんです？」

かわいらしい津弓だが、とんでもない騒ぎやいたずらを巻き起こす名人でもあるのだ。そのたびに、月夜公に罰として屋敷に閉じこめられるのだが、本人はいっこうに懲《こ》りる様子がない。

「あまりおいたがすぎますと、あのぅ、月夜公様も本気で怒ってしまわれますよ？」

「違うよ！　今回は津弓は何もしてないもの！　本当だよ！　でも、叔父上が飛黒に話しているのを聞いたの」

人界で良からぬ動きがあると、西の犬めが伝えてきた。管轄外とは言え、東の我らもいつでも動けるように備えておいたほうがよかろう。そうだ。当分は津弓を人界には行かせぬ。……これを口実に半年ほど屋敷に閉じこめてしまおうか。

そんな叔父の言葉を盗み聞きし、津弓は慌てて屋敷を抜けだしたのだという。

月夜公らしいと、話を聞いた玉雪はかすかに笑った。愛する甥っ子を守りたいあまり、月夜公が過剰なやり方をとってしまうのは、いつものことなのだ。

だが、津弓は口を尖らせた。

「笑い事じゃないよ。悪いこともしてないのに閉じこめられるなんて、そんな窮屈《きゅうくつ》なのはまっぴらだもの。あ〜あ、弥助のところに行こうかなあ。しばらく泊めてもらおうかなあ」

「それは、あのぅ、無理だと思いますよ」

「え、なんで？」

玉雪は、さきほどの弥助と千吉の様子を話した。

津弓は悲しげに目を伏せた。

「そっか。本当に良くないことが起きていて、危ないってことだね。それじゃ……しばらく弥助達とは会えないのかな？　あのかわいい双子と、今度遊ぶ約束したんだけど、いつになっちゃうのかなあ？」

ため息をついて、丸い体をいっそう丸める津弓は、思わず抱きしめたくなるような愛くるしさがあった。美しいがいつも冷たく取りすましている月夜公の甥とは、とても思えない。

そして、津弓の感じているやるせなさは、玉雪が感じているものでもあった。津弓の横に腰かけながら、玉雪はそっとささやいた。

「つらい、ですね」

「うん。強くなれたらって、思うの。叔父上くらい強ければ、誰にも心配かけずにどこにでも遊びに行けるもの」

「そうですね。よくわかります」

「玉雪も?」

「あい。あたくしも強くなりたい。……津弓様と同じなんです」

二人はまなざしを交わし、どちらからともなく、ふふふと笑った。

「そっか。玉雪も同じなんだ。……じゃあ、どうにかする方法を二人で一緒に探そうよ」

「修業でもしようとおっしゃるんですか?」

「ううん。それじゃ時間がかかりすぎちゃう。そうこうするうちに、弥助も千吉も年をとって、津弓と遊んでくれなくなっちゃうかもしれない。なにかこう、早く強くなる方法を見つけなくちゃ」

「そ、そんな方法が、あのう、果たしてあるでしょうか?」

「うーん。わからない。津弓は知らない」

「……それじゃだめですねえ」

がくっと玉雪は力が抜けた。

が、津弓はめげることなく言葉を続けた。

「でも、梅吉《うめきち》なら知ってるかも」

「梅吉さんが？」

玉雪は梅吉のことを思い浮かべた。

梅吉は、青梅そっくりの肌をした、手の平に乗るほど小さな梅妖怪だ。だが、とてもはしっこく、口も立てば機転も利く。津弓と仲良くいたずらをし、仲良く怒られる子妖なのだ。

まるで我が事のように、津弓は自慢げに梅吉のことを話した。

「うん。梅吉は頭がいいもの。訳を話せば、きっと力になってくれるよ。もしかしたら、突拍子もないことを思いついてくれるかも」

「確かにそうかもしれませんが……」

「ほら、一緒に行こう、玉雪。叔父上が津弓を連れ戻しに来る前に、梅吉のところに行こう」

「あ、あい」

そうして手を取り合い、玉雪と津弓は梅吉の家に向かった。

そう。確かに梅吉は突拍子もないことを思いついてくれた。話を聞き終えるなり、「お守りを手に入れたらいいじゃないか」と言ったのだ。

「要は安心して人界に行き来できればいいんだろ？　だったら、無理に強くなる必要なんてないよ。自分を守ってくれる物があればいいんだ」

「な、なるほど。それは確かにそうですね」

目から鱗《うろこ》が落ちる思いで、玉雪はうなずいた。津弓も喜んで手を叩いた。

「それ、すごくいい！　さすが梅吉だよ！」

「へへへ。こんなのは朝飯前だって」

鼻の下をこすりながら、梅吉はにやっとした。

「おいらも、そういうお守りがほしかったところなんだ。そうすりゃ、安心してあちこち出歩けるし、おばあにがみがみ言われることもなくなるだろうし。ってことで、善は急げだ。あせび、あせび姐《ねえ》さんのところに行こうぜ」

「あせび、さんですか？　東《ひがし》の地宮《ちぐう》の、あのぅ、武具番の？」

「そうさ。あの姐さんは年がら年中、烏天狗達のために武器や道具をこしらえてるんだ。いざという時に身を守る物だって、絶対に作ったことがあるはずだ。気のいいあやかしだし、頼めば、おいら達それぞれに合ったものを見繕ってくれると思う」

「そううまくいくかなあ。あせび、いつもすごく忙しそうだよ？　叔父上からいつも厄介で難しい注文をされるって、文句を言っているよ？　津弓達の頼みを聞く暇なんて、ないんじゃないかな」

「はなからあきらめるのは、馬鹿げているよ、津弓。とにかく頼んでみようぜ。姐さんだってさ、こんなに弱いおいら達がすがってきたら、さすがに無下にはしないだろうさ」

この際、自分達の弱さを精一杯利用しよう。

梅吉の言葉に、玉雪と津弓は「なるほど」と感心しながらうなずいた。

そうして、今度は三人で東の地宮に向かったのだ。

東の地宮の奥にある大きな蔵が、あせびの仕事場だ。中は鍛冶《かじ》場のようになっており、鉄の塊や何かの角や革といった武具の材料で埋めつくされている。

そんな中で、あせびは忙しげに刀を研いでいた。大柄で、たくましい腕を四本持つあせびは、なかなか整った顔をしているのだが、仕事に打ちこむ表情は怖いほど真剣で、近寄りがたいものがあった。一段落つくまではと、三人はおとなしく待つことにした。

やがて研ぎが終わったのか、あせびがふっと息をつき、顔をあげた。そして、初めて玉雪達に気づき、目を丸くした。

「あれ？　梅坊に津弓様。いつここに来たんです？　それに、あんたは、ええっと……」

「玉雪と言います。どうぞよろしく」

「そうかい。あたしはあせびだ。よろしくね。で、三人そろって、どうしてこんなところに？」

口の立つ梅吉がすぐさま事情を話した。

「ってわけなんだよ。お願いだよ、あせびの姐さん。なんかおいら達にお守りになるものを作ってくれないかい？」

「うーん。事情はわかったし、あたしとしてもやってあげたくはあるんだけど、今はめちゃくちゃ手一杯なんだよ。烏天狗の馬鹿どもがまた無茶な使い方をして、大量の刀をぼろぼろに刃こぼれさせたからね。おまけに、月夜公様からは体を見えなくする薬を作れと言われているし。お守りって言われても、どういうものをこしらえればいいのか、考えるのに時間がかかるだろうし……ちょっと難しいよ」

「そう言わずに頼むよ。姐さんが最後の頼みの綱なんだ！　仕事の合間合間でもかまわないから、おいら達のことを忘れないでおいておくれよ」

「本当にご迷惑だとは思いますが、あのぅ、どうかお願いします、あせびさん」

「お願い、あせび！」

目をうるうるさせてすがりついてくる三人に、あせびは閉口したように顔を背けた。

「わかったわかった。それじゃ、一応、気にかけておくから。でも、何を作れるか、いつ出来上がるかは約束できない。それでもかまわないかい？」

「もちろんさ！」

「ほんにありがとうございます！」

「ありがと、あせび！　叔父上には、これ以上あせびの仕事を増やさないであげてって、言っておくからね」

「ああ、それが一番助かりますよ、津弓様。それじゃ、そろそろあたしを一人にしてください。そちらの願いを叶えるためにも、早いとこ、そこの刀の研ぎを終わらせたいんでね」

そう言って、あせびは山となって置いてある刀を憂鬱《ゆううつ》そうに見たのであった。


夜は過ぎ、朝となった。

あせびは仕事を切りあげ、家に帰ることにした。一晩中働き通しだったので、腹がぐうぐう鳴っている。体も汗でべたべたで気持ちが悪い。

家に帰ったら、まず飯を炊いて、風呂を沸かして……。ああ、だめだ。薪《まき》を切らしていた。まず薪割りをしないと。ああ、面倒くさい。すごく眠いから、このまま寝てしまおうか。しかし、そうなると、布団《ふとん》が臭くなってしまいそうだ。いや、とにかく飯だ。何か食べないと。

ふらふらした足取りで、あせびは歩きだした。

やがて家が見えてきた。誰もいないはずなのに、明かりが漏れている。

はっとしたのは一瞬で、あせびはどどっと走りだし、家の戸口を大きく開け放った。

あせびの恋人の十郎《じゅうろう》が中にいた。囲炉裏《いろり》の前で、せっせと握り飯をこしらえている。

立ち尽くすあせびに、十郎はにこりと柔らかな笑みを向けてきた。

「ああ、お帰り、あせびさん。今夜もご苦労様でした」

「あんた……戻ってきたのかい？　でも、あと三日は戻らないって、言ってたのに」

「はい。でも、早くあせびさんに会いたくて、大急ぎで仕事を片付けてきたんです」

なんてかわいい男だろうかと、あせびは感極まって十郎のことをぎゅっと抱きしめた。

自分よりも小さくてか細い十郎は、いつだって腕の中にすっぽりおさまってしまう。それがとても気に入っていた。

一方の十郎も、「ぎゅむっ！」と奇妙な声をあげつつも、笑っていた。

「疲れたでしょう？　そういう顔をしてますよ。風呂は沸かしてあるから、まず入って、さっぱりしてくるといいですよ」

「その前に握り飯を一個おくれよ」

「だめです。早く風呂に入ってきなさいって。ちょっと、その、臭いがね……」

そう言われて、あせびは大急ぎで風呂に向かった。熱い湯に入ると、生き返った心地になった。そして体をふき、柔らかな寝間着に袖を通す頃には、味噌汁のいい匂いが風呂場のほうまで漂ってきていた。

もうたまらんと、あせびは大またで十郎のところに戻った。そこには大量の握り飯が、熱々の味噌汁の入った丼《どんぶり》と共に用意されていた。

「味噌汁には豆腐と葱《ねぎ》をどっさり入れておきました。さ、召しあがれ」

「ありがと、十郎！　あとさ……」

「わかってます。お酒でしょう？　今、あせびさんの好きなぬる燗《かん》を用意してますからね」

「あんた、好き！」

「はいはい。あたしもですよ。せっかくだから、あたしもお酒はご相伴に与《あずか》りますよ」

十郎が酒の用意をしている間に、あせびはむっしゃむっしゃと握り飯を頬張っていった。塩加減が絶妙の握り飯。十郎が自分のために握ってくれたと思うと、さらにおいしく感じられる。味噌汁もうまい。ちょっと濃いめの汁をすすれば、だしと葱の香りが体にしみわたる。

そうして人心地ついたところで、酒の入った茶碗を差しだされた。

「はい、どうぞ。お疲れ様でした」

「うん。ありがと。……ああ、うまい！　ほんとうまい！　あんたと飲む酒がやっぱり一番だよ」

「ふふふ。あたしも同じですよ」

「今回の仕事はうまくいったのかい？」

「ええ。根付けと鏡の付喪神《つくもがみ》に、それぞれふさわしい主人を見つけてあげられました」

長い年月を経て、妖怪と化した器物を、付喪神という。

そして、十郎は、付喪神と人との縁をつなぐ仲人屋《なこうどや》なのだ。

「やっぱり付喪神は人のそばにいるほうがいいですからね。うん。いい仕事ができて、あたしは満足ですよ」

「それなら、当分は家にいてくれるのかい？」

「はい。また新しい付喪神の噂が入るまでは、あせびさんのそばにいますよ」

「ってことは、もし明日、噂が届いたら、あんたはまた人界に行っちまうってことだね……」

ふっと、あせびは顔を曇らせた。

敏感な十郎はすぐさまそれに気づいた。

「どうしたんです、あせびさん？」

「うん。今夜はちょいと……いやな話を聞いたのさ」

あせびは、梅吉から聞いた話を十郎に伝えた。聞き終える頃には、十郎の柔和な顔も少し厳しくなっていた。

「なるほど。あやかしを利用するものがいると……。それは確かに気がかりですね。あたしも付喪神達に気をつけるように知らせましょう」

「………」

「あせびさん？」

「うん。……津弓様や梅坊に頼まれたんだよ。安心して人界に行けるよう、お守りを作ってくれって」

「おやまあ。そんなもの作れるんですか？」

「ああ。色々考えたけど、なんとかできそうなんだ。でも……津弓様や梅坊はいいとして、他のあやかしはどうしたらいいんだろうって、ふと思っちまってね」

はっとしたような顔をする十郎に、あせびは憂鬱そうにうなずいた。

「人界にもあやかしはたくさんいる。梅坊や玉雪さんみたいに力の弱いもの達に、あたしは何もしてやれない。そう思うと、どうにも心が落ちつかなくてね。それに……ああ、やだねえ。あんたのことも心配になってきたよ」

「あたしは大丈夫ですよ。危険には近づかない。すぐ逃げる。そうやって生きてきましたからね」

とは言え、と十郎は優しくあせびの頬に手を当てた。

「あせびさんのそういう気遣いのあるところ、あたしは大好きですよ」

「十郎……」

「そうだ。こういう時こそ、大妖《たいよう》の方々のお力を借りたらどうです？」

「大妖の？」

「そう。あの方々のありあまる力を借り受けて、それでお守りをたくさん作って、みんなに配るってのはどうでしょう？」

「それは……悪くないかも」

あせびの目が見る間にきらめきだした。

「そうだよ。そのとおりだよ！　いい考えだ！　大妖の力を集めたものがあれば……うん！　できる！　ありがと、十郎。夜になったら、まず月夜公様に話をしてみるよ」

「がんばってください、あせびさん」

十郎の励ましはどこまでも優しかった。どこまでも……。

東の地宮の妖怪奉行、月夜公は大きな座敷にて腕組みをして立っていた。眉間に深いしわを刻み、不機嫌を隠そうともしていないその顔は、美しくもぞっとするほど冷酷に見える。

だが、その場に集まったもの達は、誰一人としてひるまなかった。

なぜなら、そこにいたのはいずれ劣らぬ大妖ばかりであったからだ。

月夜公の天敵、犬神《いぬがみ》の朔ノ宮。

自由気ままに生き、風のように捉えどころのない猫の王、王蜜《おうみつ》の君《きみ》。

そして、水神の眷属《けんぞく》である椒御前。

まずは王蜜の君が口を切った。

「この四人が一度に集うなど、初めてではないかえ？　なにやら楽しいのぅ」

「楽しくなどないぞ、王蜜の君」

すぐさま朔ノ宮が言い返した。その顔は苦り切っていた。

「腹黒狐《はらぐろぎつね》の臭いで鼻が腐り落ちそうだ」

「それはこちらのせりふじゃ。やかましい犬の声を聞かされ、不愉快極まりない！」

「ほう。鼻は利かぬが、耳はそこそこ良いというわけだな」

「不毛な言い争いはやめるのじゃ、お二方」

うんざりしたように、椒御前が朔ノ宮と月夜公の間に割って入った。

「こうして集ったのは、それぞれの役目を果たすため。言い争いも取っ組み合いも、それがすんでからにしてほしいものじゃ」

たしなめられて、不満げながらも朔ノ宮と月夜公はうなずいた。

「椒御前の言うとおりだ。……黙るぞ、狐」

「わかった。……しかし、呼びかけた吾が言うのもなんだが、全員が集うとは思っておらなんだ。特に、王蜜の君、おぬしは来ぬと思うていたぞ」

純白の髪と黄金色の瞳を持つ王蜜の君は、十歳ほどの童女の姿でいることを好む。その顔立ちは幼いのに妖艶《ようえん》であり、全身から圧倒的な覇気《はき》をあふれさせている。気質は猫そのもの。誰よりも気まぐれで、誰かに命じられることを決して許さぬ魂の持ち主だ。

それが、こうして月夜公の呼びかけに応えてやってくるとは。

月夜公だけでなく、朔ノ宮と椒御前も意外だとばかりのまなざしを王蜜の君に向けていた。

「なにやら失礼なことを言われている気がするのぅ」

王蜜の君は愛らしい唇を尖らせた。

「それほどおかしなことではあるまい？　人界にはわらわの眷属がたくさん暮らしておる

からの。そこに不穏な輩《やから》がうろついていると聞いては、黙ってはおれぬ。……それにな、わらわは少し反省しているのじゃ」

今度こそ、月夜公達は仰天した。

「は、反省？」

「傍若無人《ぼうじゃくぶじん》を絵に描いたようなおぬしが？」

「……のう、王蜜の君。そなた、ここに来る前、またたび酒でも飲んできたのかえ？」

散々な言われようであったが、王蜜の君は怒らなかった。笑い飛ばすこともしなかった。ただただ静かな目をして、口を開いたのだ。

「わらわは、狙われるという恐怖を知らぬ。そもそも、生まれてこの方、何かを恐れたことがない。そなたらもそうであろう？」

「………………」

「眷属に何かあれば、すぐさま出向いて、敵を灰にしてしまえばよいと、そう思っていた。じゃが、それだけでは足りぬ。襲われてからでは遅いのじゃ。正体の知れぬ敵に怯え、いつ襲われるかわからぬという恐怖を味わって過ごすのは、責め苦と同じよ」

そんなことは決して許さない。強く生まれついたものとして、弱いものを守らなければならない。

凛《りん》として言い放つ王蜜の君を、他の三人は絶句して見つめていた。

朔ノ宮がそっと言った。

「ずいぶんと考えを改めたものだ。何かあったのか?」

「……かつて白嵐という大妖がいた。かのものは人の子を慈《いつく》しみ、慈しむことによって、はるかに強く、そしてはるかにもろくなった。子に災いが降りかかった時は、不安と恐怖で心を荒れ狂わせて……。その姿を見て、わらわの中の何かが変わったのじゃ」

うまく口では言えぬがなと、王蜜の君は少し恥ずかしそうに付け足した。

「まあ、ともかく、そういうことじゃ。早くすませてしまおうぞ。月夜公、そなたが言いだしたのじゃから、そなたから初めるのが筋というものじゃ」

「あ、ああ、わかっておる」

我に返った月夜公は、さっと手をかざした。すると、何もなかった場所に、大きな鉢が現れた。子供の湯浴みに使えそうなほど大きなそれは、このうえなく透きとおった水晶でできており、なみなみと翡翠《ひすい》色の水で満たされていた。

月夜公は自身の小指を噛み、ぽたりと、赤いしずくを鉢の中へとしたたらせた。朔ノ宮、椒御前、王蜜の君もそれにならい、それぞれ血を捧げていった。

そうしたところ、鉢の中の水が生き物のようにざわつきだした。大きくうねり、沸騰《ふっとう》したように泡立っていた水であったが、やがて底に穴でも開いていたかのように、すうっと吸いこまれるようにして消えていった。

四人の大妖は鉢をのぞきこんだ。

鉢にはすでに一滴も水は残っていなかった。かわりに、雀《すずめ》ほどの大きさの結晶が燦然《さんぜん》と輝いていた。白かと思えば青く燃え、赤に染まったかと思えば玉虫色に光りだす結晶は、なんとも美しく、力に満ちていた。

「ふむ。わらわ達の力はうまく結びついたようじゃな」

「ああ。良い出来だ」

「したが、取り扱いには十分に気をつけてほしいもの。月夜公殿、これを与える相手は信用できるのであろうな?」

気がかりそうな椒御前に、月夜公はむっとした顔で大きくうなずいた。

「言うまでもないこと。吾の配下にして優秀な武具師じゃ。信ずるに足る相手だと、吾の魂にかけて誓おう」

「そうか。そなたがそこまで言うのであれば、わらわも安心できる。……では、そのもののお手並み拝見と行こう。この結晶をうまく用いることができたなら、その時はわらわからもそのものに礼を言うとしよう」

ではこれでと、椒御前は一歩後ろに下がり、一瞬にして姿を消した。

ぷくっと、王蜜の君が頬をふくらませた。

「なんと慌ただしい。会うのは久しぶりゆえ、舟遊びに誘おうと思っておったのに」

「そう言うな、猫の。今、椒御前は早く屋敷に戻りたくてたまらぬのだろうよ。なにしろ、かわいい娘を迎えたばかりだからな」

「おお、そう言えば、娘ができたのであったな。なるほど。道理で幸せそうだったわけじゃ。では、朔ノ宮、椒御前のかわりにそなたがわらわの遊びに付き合っておくれ」

「いいだろう。たまには息抜きも大切だからな。ということで、狐、あとは頼んだぞ」

「誰に向かって言っておる、犬め。王蜜の君、さっさとその犬を連れていくのじゃ」

「ふふ、では、そうしよう」

こうして、大妖達の集いはお開きとなった。


「こ、これはすさまじい……」

あせびが持ち帰った結晶を見せられ、十郎は度肝《どぎも》を抜かれたような顔となった。

十郎の気持ちが、あせびには痛いほどわかった。月夜公からこれを手渡された時は、あせびも同じようになったからだ。

七色に変化する結晶は、美しさもさることながら、放つ波動がすさまじかった。まるで、近づくべきではない神獣を前にしているかのような、そんな畏怖《いふ》に体が縛られてしまう。

「これが……四人の大妖の力が凝結したもの、ですか」

「ああ、こんなもの、あたしも見たことがないよ。言いだしておいてなんだけど、まさか本当に手に入るなんて、思ってなかった」

「……これ、どうするつもりです？」

「このままでは使いようがない。力が強すぎるからね。だから、小さく砕いて、まじないをかけて、種みたいに育てる。すると、守りの力が芽吹いていくはずだから、それを一つずつ守り袋に縫い込んで、人界のあやかし達に配ろうと思ってるよ」

「それはいい考えですね。……ねえ、あせびさん。一度だけ、これを持ってみていいですか？　砕く前に、もっとじっくり見ておきたくて」

「いいけど、気をつけて。素手で触るんじゃないよ。そら、この布でつかむんだ。そうでないと、手がなくなるかもしれないよ」

「は、はい」

あせびが差しだした赤い布を受けとり、十郎は慎重な手つきで結晶を持ちあげた。

「本当に……見事なものだ」

しみじみとつぶやいたあと、十郎はそのまま結晶を布で包み、なんと自分の懐《ふところ》に入れてしまった。

もちろん、あせびは驚いた。

「十郎？　あんた、何を……」

慌てて立ちあがろうとしたが、がくんと、体から力が抜けた。目の前がみるみる濁《にご》り、頭の奥が痺《しび》れていく。

床に倒れながらも、あせびは必死で顔をあげた。こちらを見下ろす十郎と目が合った。

「ごめんなさい、あせびさん。本当にすみません」

「えっ……？」

「せめて今だけはゆっくり眠ってください。夢も見ず、ぐっすりと眠ることは、当分できなくなるでしょうから」

悲しげな顔で言いながら、十郎はそっとあせびのまぶたを指でおろしていった。

あせびはそれに逆らおうとした。どういうつもりだと怒鳴りつけようとした。

だが、何もできないまま、深い眠りへと引きずりこまれたのだ。

そうして仲人屋の十郎は姿を消した。力の結晶と共に……。

検印
廃止

著者紹介　神奈川県生まれ。『水妖の森』でジュニア冒険小説大賞を受賞し、2006年にデビュー。主な作品に、〈妖怪の子預かります〉シリーズや〈ふしぎ駄菓子屋 銭天堂〉シリーズ、〈ナルマーン年代記〉三部作、『送り人の娘』、『鳥籠の家』、『銀獣の集い』などがある。

妖怪の子、育てます4
隠し子騒動

2024年4月26日　初版

著者　廣《ひろ》　嶋《しま》　玲《れい》　子《こ》

発行所　(株)　東京創元社
代表者　渋谷健太郎

162-0814/東京都新宿区新小川町1-5
電話　03・3268・8231-営業部
03・3268・8204-編集部
URL　http://www.tsogen.co.jp
DTP　フォレスト
暁印刷・本間製本

乱丁・落丁本は、ご面倒ですが小社までご送付ください。送料小社負担にてお取替えいたします。

ISBN978-4-488-56516-9　C0193

心温まるお江戸妖怪ファンタジー・第1シーズン

〈妖怪の子預かります〉

廣嶋玲子

＊

ふとしたはずみで妖怪の子を預かる羽目になった少年。
妖怪たちに振り回される毎日だが……

①妖怪の子預かります
②うそつきの娘
③妖《あやかし》たちの四季
④半妖の子
⑤妖怪姫、婿をとる
⑥猫の姫、狩りをする
⑦妖怪奉行所の多忙な毎日
⑧弥助、命を狙われる
⑨妖《あやかし》たちの祝いの品は
⑩千弥の秋、弥助の冬

装画：Minoru